KB015400

온후 판타지 장편소설

WISHBOOKS FANTASY STORY

전장의 화신

전장의 화신 8

온후 판타지 장편소설

초판 1쇄 찍은 날 | 2017년 10월 25일
초판 1쇄 펴낸 날 | 2017년 11월 1일

지은이 | 온후
펴낸이 | 예경원

기획 | 위시북스
편집책임 | 이규재
편집 | 이즈플러스

펴낸곳 | 예원북스
등록번호 | 제396-2012-000132호
등록일자 | 2012. 7. 25
KFN | 제1-171호

주소 | 경기도 고양시 일산동구 호수로 646-24 위너스21 II 빌딩 206A호 (우)10401
전화 | 031-819-9431 팩스 | 031-817-9432
E-mail | yewonbooks@naver.com

ISBN 979-11-6098-589-4 04810
979-11-6098-099-8 (set)

※ 이 도서의 국립중앙도서관 출판시도서목록(CIP)은 서지정보유통지원시스템 홈페이지(http://seoji.nl.go.kr)와 국가자료공동목록시스템(http://www.nl.go.kr/kolisnet)에서 이용하실 수 있습니다.

온후 판타지 장편소설

WISHBOOKS FANTASY STORY

전장의 화신

전장의 화신

CONTENTS

42장 살수림

한성이 떠나고 펜드래건은 망연자실한 표정을 지었다.

"원래부터 방랑벽이 있으시긴 했지만 아무 말 없이 가실 줄이야……."

용군주 한성은 한곳에 잘 머무르는 성향이 아니다. 방랑벽이라 칭할 정도로 마계 곳곳을 돌아다녔다.

시크릿 클래스를 세 개나 얻었을 정도니, 얼마나 많은 모험을 행했을 지는 굳이 안 봐도 알 수 있었다.

펜드래건이 고개를 돌려 세라피나를 바라봤다.

"스승님께선 제가 세상을 경험하길 바라셨습니다. 한동안만 함께 동행을 하는 걸 허락해 주시겠습니까?"

하지만 마냥 좌절하지도 않은 모양이었다.

오히려 이것을 기회로 보고 다른 목적을 세운 것이다.

세라피나가 어색하게 웃었다.

퍼스트 나이트는 이미 무영으로 확정되었다.

이단 심판관을 제지할 수 있는 유일한 자리.

하지만 펜드래건은 이제 그런 건 아무런 상관이 없었다.

'직위는 얻지 못했으나 진실한 사랑은 얻을 것이다.'

펜드래건은 젊었다. 혈기가 넘쳤다. 꿈도 컸다. 한 번 좌절을 겪었다고 꺾일 남자도 아니었다.

그러지 않았다면 한성의 제자가 되지도 못했을 것이다.

비록 무영에게 퍼스트 나이트를 건네게 되었지만, 세라피나의 진실한 사랑만큼은 자신이 얻을 것이라며 열의를 불태웠다.

무영은 어깨를 으쓱했다.

한성의 제자다. 분명히 그에게도 얻을 건 있었다.

'마침 잘됐군.'

무영은 10일 밤낮을 한성과 싸웠다. 오로지 순수한 기술만을 사용하며.

한성의 검술은 체계적이진 않았으나 강력하기 그지없었다.

너무나 많이 싸운 나머지 식을 잊을 정도의 고수!

사실 무영의 검술은 검일과 킹슬레이어의 것을 베낀 데에 지나지 않았다. 기존 살수림에서 배웠던 기술을 섞어 매우 공격적이긴 하였으나 부족함이 있었다.

공격일변도의 한계를 한성과 겨루며 알게 됐다.

'나만의 검술을 만들고 싶다.'

단순히 스킬을 얻는다고, 능력치가 높아진다고 전부가 아니다.

기본 밑바탕. 지변과 기둥이 건실하고 높아야 더욱 높은 건물을 세울 수 있는 법이다.

무영은 검일, 킹슬에이어에 이어서 한성의 검술을 탐냈다. 그리고 그 한성의 검술로부터 가장 영향을 많이 받은 게 펜드래건이다.

모방은 창조의 어머니라 하였으니 한성과 펜드래건의 모든 걸 분석하며 무영만의 검술을 만들어낼 작정이었다.

'설마 내 이름을 딴 검술 스킬이 나올 줄은 몰랐지만.'

무영은 며칠 전 있었던 일을 생각하곤 피식 웃었다.

한성과의 대결이 있은 후 작은 깨달음을 얻어 달밤에 검을 좀 휘둘렀다.

어쩌면 달에 취했다고 볼 수도 있으리라.

그런데 웬걸. 처음으로 검술과 관련된 스킬이 생성된 것이다.

스킬 명칭: 무영 검술(???)

설명 – 스스로의 검술을 만들기 시작한 무영의 고유 검술이다. 아직 미완성이며 완성되면 그 결과에 따라 랭크가 매겨진다.

설명은 별게 없다.

그러나 아직 미완성이라는 게 중요했다.

자신의 이름을 딴 검술이 조금씩 완성되어 가고 있는 것이다.

한성과의 대결은 무영에게 많은 영감을 주었다. 그와 바꾼 현자의 비약이 전혀 아깝지 않았다.

마침 무영도 킹슬레이어의 검 조각을 얻었으므로.

검 조각을 바라보던 무영이 시선을 옮겼다.

한성은 떠났다. 남은 건 펜드래건뿐이었다.

"펜드래건 님, 퍼스트 나이트는 무영 님으로 이미 정해졌습니다."

"압니다. 그와 경쟁할 생각은 없습니다. 그냥 식객이 한 명 더 추가되었다고 생각해 주시길."

"……퍼스트 나이트의 허락이 있어야 합니다."

그러자 펜드래건의 표정이 잠시 구겨졌다.

그는 무영과 경쟁할 생각이 만만했다.

한데 무영의 허락이 있어야만 따라올 수 있단다.

맨 정신으로 듣기엔 괴로운 말이다.

"조건이 있다. 나와 매일 같은 시각 대련을 해야 한다."

무영은 시원하게 말했다.

둘의 실력 차이는 이미 극과 극이다.

그런데도 대련을 하려는 건 그럼에도 얻을 게 있기 때문이다.

약자라 하여 얻을 수 있는 게 없는 건 아니니.

무영은 자신의 검술을 완성하고자 모든 걸 해볼 작정이었다. 세상에 존재하는 유일한, 그리고 과거에도 없었던 자신만의 고유성을 드러내는 도전이었다.

오로지 무영만이 할 수 있고 해야 하는 그런 일.

어찌 심장이 뛰지 않을 수 있겠는가.

하지만 무영의 뜻은 간단하게 왜곡되었다.

펜드래건의 입장에선 유세를 떠는 걸로 보였다.

대련이라고 해봤자 일방적인 폭력밖에 더 되겠나.

이미 펜드래건은 무영과의 실력 차이를 인정했다.

아직까진 넘을 수 없는 벽과 같았다.

순수한 싸움이라고 하더라도 한성과 대등하게 대련을 하는 이는 태어나서부터 본 적이 없었다.

'매일 나를 이겨서 그 모습을 세라피나 님에게 보이려고?'

오만가지 생각이 다 들었다.

하지만, 펜드래건은 그다지 비관적인 성격과도 거리가 멀었다.

'스승님이 인정한 사내다. 나도 그에게 얻을 게 없진 않겠지.'

요즘 실력이 정체하고 있었다.

그 돌파구가 될지도 모르는 일.

게다가…….

'여자는 열심히 하는 남자에게 시선이 간다고 하셨다.'

한성의 지론이었다.

승패와 관계없이 여자는 열심히 몰두하는 남자를 좋아한다고.

쓰러져도 일어나면 그만이다.

펜드래건의 눈이 불타올랐다.

그렇다면 무영으로부터 배울 수 있는 모든 걸 배우겠다고 다짐했다.

"알겠다."

고개를 작게 끄덕이는 것으로 서로의 교환이 끝났다.

같은 대련 속에서 서로 다른 흑심이 교차한다.

무영이라고 펜드래건의 갑작스러운 변심을 읽지 못할 리가 없다.

'동상이몽이 따로 없군.'

하지만 누가 꿈으로 남고 누가 현실로 만들지는 두고 볼 일이었다.

퍼스트 나이트가 되며 바뀐 게 있다.

우선 주변 사제와 성기사들의 시선.

"진짜 퍼스트 나이트가 될 줄이야……."

"용군주님과도 각별한 사이가 됐다더군."

"세라피나 님의 퍼스트 나이트는 영원히 안 나올 줄 알았는데.”

그들도 사람인지라 놀라움 속에 약간의 질투와 시샘이 섞여 있는 건 어쩔 수 없었다.

하지만 세라피나의 철벽과도 같은 방어는 뮬라란에서조차 유명하다.

“이게 몇 명만이지?”

“대충 50명은 넘지 않았을까.”

무려 50명이 넘는 도전자가 세라피나의 퍼스트 나이트가 되려고 했다.

그들은 모두 퍼스트 나이트가 되기 위한 조건을 충족하고 있었다.

아무나 도전할 수 있었다면 50명이 아니라 500명으로도 안 끝났을 것이다.

하여간 그 50명 중에는 도시의 주인이거나 또는 그들의 자제도 있었고 길드나 세가의 유력 인물도 있었으며 뮬라란의 고위 사제와 성기사도 포함되어 있었다.

그러나 그들 모두 실패했다. 세라피나의 기준이 너무 높았던 탓이다.

그럴진대, 이번 시험은 석연치 않다.

“기본 시험만 치렀다지?”

“‘10가지 시험’을 넘어가고?”

“이 이야기가 퍼지면 도전했던 자들의 항의가 빗발치겠군.”

'세라피나의 10가지 시험'은 유명하다.

워낙 많은 사람이 도전을 해 와서 세라피나가 자체적으로 시험을 어렵게 만들어버린 것이다.

그런데 이번엔 그냥 기본 시험만 치렀고 무영은 가볍게 통과했다.

사실 그 정도라면 기존에 도전했던 50명도 모두 통과할 수준이었다.

한 마디로 이전에 도전한 50명만 '새'가 된 셈.

세라피나에게도 이런 이야기가 들렸지만 그녀는 논란을 단번에 일축해 버렸다.

"그는 용군주인 한성 님과 검을 맞댈 자격이 있는 사람입니다."

궁 안에서 일어난 일은 그곳에 있었던 성녀를 포함한 몇 명만 안다.

당연히 사제나 성기사들은 무영과 한성이 싸웠는지 알지 못했다.

세라피나의 이야기를 전해 들은 사람들은 더욱 놀란 표정을 지었다.

용군주와 검을 맞댈 자격!

말이 조금 애매하긴 하지만 해석하기 나름이었다.

용군주와 비슷한 힘을 지녔다, 용군주가 인정한 남자다, 용군주보단 약하지만 그만한 잠재성을 지녔다, 혹은 엄청나

게 고귀한 핏줄을 이었다…….

이로써 무영에 대한 악의는 사라지고 신비만이 남았다.

말 한마디가 가진 힘.

물론 그러거나 말거나 무영은 전혀 관심이 없었다.

애당초 무영은 한성이 떠나간 이후, 펜드래건과 대련 시간이 아니면 골방에 틀어박혀 있었다.

'나만의 검술.'

모방에서 벗어나 오리지널을 만들고자 하는 집념!

이것만큼 과거와 차별화되는 점은 있을 수 없다.

무영은 밤낮이 없었다.

한성이 체계를 잊었다고 하지만, 검속에 자연스럽게 그의 검술이 녹아 있을 따름이다.

그만큼 검술이란 이름의 골격은 중요한 것이었다.

'모든 걸 아우르고 싶다.'

태양과 달, 바다와 하늘, 부드러움과 강직함, 빠름과 느림…… 그 모든 걸.

그것에 대해서만 생각하고 몰두하느라 무영은 거의 반 폐인이 되었다.

고작 일주일 사이에 볼이 홀쭉해지고 눈에 검은 줄이 쳐졌다.

그 정도로 고도의 집중을 하고 있었기 때문이다.

이런 적이 없었을 정도로 무영은 집중하고 또 집중했다.

그나마 세라피나가 아니었다면 해골처럼 변해버렸으리라.
그리고 일주일이 지났을 때, 무영은 골방에서 나왔다.
'이곳에선 더 만들 수 없다.'
모든 걸 아우르려면 모든 걸 경험해 봐야 한다.
그중엔 당연히 '복수'도 포함되어 있었다.
과거 무영이 살수림을 지운 건 진정한 의미에서의 복수가 아니었다.
그저 몸부림이었을 따름이지.
모두를 죽이고 자신마저 죽었는데, 그게 어찌 진정한 의미에서의 복수라고 할 수 있겠는가.
진정한 복수는 상대의 모든 걸 앗아가는 것이다.
그리하여 앗아간 모든 걸 자신의 것으로 만드는 것이었다.
골방에서 나온 무영을 보고 세라피나가 눈을 부릅떴다.
"끝…… 나셨나요?"
무영은 고개를 저었다.
대신 짧게 말했다.
"자멸의 언덕으로 가자."
웡 청린에게로 가자.

자멸의 언덕엔 본래 디아블로스의 제단이 있다.
당연히 디아블로스의 사제들도 있었다.
뮬라란에선 '이단'이라 취급하는 적들.

규모 면에선 상대가 안 됐기에 디아블로스의 사제들은 항상 숨어 살 수밖에 없었다.

뮬라란이 지도하는 마계에서 그들이 자리 잡을 공간은 없었다.

"신녀시여, 뮬라란의 더러운 종자들이 저희의 산을 더럽히고 있나이다."

"저희에게 답을 내려주시옵소서."

"놈들에게 끝없는 절망과 저주를 퍼부어주시옵소서!"

어두운 동굴 안.

거대한 공동 안, 검은색 사제복을 입은 수백 명의 남자가 무릎을 꿇고 고개를 조아렸다.

신녀의 이름을 울부짖으며 답을 원했다.

뮬라란은 그들에게 있어서도 적이다.

지금은 비록 득세하고 있으나 없애야 할 적이다.

한데, 뮬라란의 성기사들이 거침없이 산을 오르고 있었다.

이미 디아블로스의 사제들이 이곳에 있는 걸 알고 있다는 듯이.

이대로 있다간 전멸을 면치 못한다.

그러자 제단의 위에 있던 여인이 얼굴을 치켜들었다.

"그들은 결코 우리의 산을 더럽히지 못할 것입니다."

쿵!

지팡이를 내려쳤다.

동시에 산 전체가 한차례 흔들렸다.

거대하기 짝이 없는 탈리스만의 결정이 지팡이에 박혀 있었다.

탈리스만은 소원을 이루는 대천사의 힘이다.

거기에 여인의 힘이 보태지자 압도적인 존재감을 뿜어냈다. 또한 여인의 목소리는 고혹적이었다. 그만큼 무겁기도 했다.

비록 면사를 착용해서 얼굴은 보이지 않았지만, 그럼에도 모두의 시선을 앗아가기 충분하였다.

여인의 특색은 또 있었다.

등 뒤로 곱게 뻗은 날개!

검은색 날개와 흰색 날개가 한쪽씩 나 있는 여인.

그녀가 바로 디아블로스 제단의 신녀였다.

무영은 여전히 전신을 가리는 두꺼운 갑옷과 투구를 쓴 채로 움직이고 있었다.

대열의 맨 앞, 세라피나의 옆에서 묵묵히 자신만의 세계를 그려 나가는 중이었다.

'내가 가진 검은 비정함이었다.'

살수림에서 40여 년간 배운 검은 오로지 비정함뿐이었다.

가장 빠르고 효율적으로 죽이는 방법. 그 하나만을 위해 무한정 갈려진 검이었다.

하지만, 그것만으로는 안 된다.

자신만의 검을 세우려거든 더욱 많은 것을 경험하고 배워야 한다.

그런 의미에서 킹슬레이어는 안성맞춤이었다.

'킹슬레이어. 그의 검은 정직하다.'

무서울 정도로.

모든 것의 약점을 꿰뚫고 정해진 방향으로만 나아간다.

중간을 막는 모든 걸 배제해 버린다.

킹슬레이어의 검은 흉내 내고 싶어도 쉽지 않았다.

다만 무영으로선 포기할 수 없었고 그 '틀'만을 어떻게든 끼워 맞춰볼 따름이었다.

검일.

그의 검 역시 다른 색이 있다.

거미줄과 같다는 것. 촘촘하기 그지없다. 빠른 맛은 없지만 그만큼 진중하고 견고하다.

마지막으로…… 용군주 한성.

감히 사도라 칭할 수준의 검술이었다.

수년간 지켜본 과거가 있다지만 직접 겪으니 더 잘 알겠다.

그는 틀이 없다. 정해지지 않았다. 그렇기에 너무나도 변칙적이다.

무영은 이러한 고유의 색깔들을 최대한 빼앗았다.

그중 장점을 취하고 단점을 버리며 자신의 '색'을 입힐 궁리를 하였다.

'쉽지 않군.'

이번 일은 계기였다.

과거를 답습하는 게 아닌, 전혀 다른 일보를 내걸을 계기.

창조신이 있다면 세계를 만들 때 이런 느낌이 아니었을까.

그나마 무영이 나은 점이라면 지향할 방향이 분명히 제시되어 있다는 점이었다.

"'자멸의 언덕'에 이단자들이 모여 있다고 하는군요."

세라피나가 말을 타며 이동하던 와중, 작은 구슬을 통해 통신을 받고는 이와 같이 전했다.

그러자 펜드래건이 고개를 갸웃거렸다.

"이단자들? 사교도 말입니까?"

기본적으로 률라란은 다른 신을 섬긴다 하여 '사교도'라 칭하진 않는다.

대부분 신의 뿌리는 모두의 어머니인 '이데아'의 자식이라 생각하기 때문이다.

하지만 사교는 정상적인 신들을 섬기는 곳이 아니다.

그야말로 악신들.

혹은 72좌의 마신들을 따르는 무리를 사교라 부른다.

그리고 무영은 자멸의 언덕에 모인 사교가 무엇인지 알고 있었다.

'디아블로의 사제들.'

본래라면 무영은 세 개의 반지를 모아 그곳으로 향해야

했다.

하지만 루키페르 덕분에 신격을 흉내 내어 스스로 제단을 움직였기에 가지 않아도 되었다.

“어떠한 이단 종교인지는 알려지지 않았다고 합니다. 다만 산을 움직일 정도로 강력한 악신의 추종자라더군요.”

“아직도 이단이 존재하고 있습니까? 다 제거된 줄 알았는데 말입니다.”

펜드래건이 혀를 찼다.

과거, 마왕들이 인류를 처음으로 침공했을 때, 인간은 공포를 알았고 힘을 숭상하기 시작했다.

더욱 악한 것, 어두운 것, 미지의 것에 빠져 버린 것이다.

그리하면 악마의 공격을 받지 않을 줄 알고 말이다.

하지만…….

‘그 역시 변질되었지.’

악마들의 침공이 끝난 뒤, 그들 중 몇몇은 기득권이 되고자 하였다.

도시를 만들고 병사를 모았다. 신의 이름하에 사람들을 잔인하게 착취했다.

강자의 뒤에 숨어 이득을 취하던 이들이 득세하자 암흑기가 도래했다.

인류의 전력은 극도로 취약해진 상황.

모두가 쉬쉬하던 차에 뮬라란의 성황이 나섰다. 그리고 장장 10년간 '신성 전쟁'이라 불린 피의 참극이 도래하였다.
이단 종교와 사교도들은 그때 정리가 되었다는 게 정설이다.
하지만 완전히 뿌리가 뽑힌 것은 아니다.
"현재 파악된, 규모가 있는 이단 종교만 하더라도 다섯 개는 된다고 해요."
"바퀴벌레 같은 것들이군요. 성황께선 아무런 조치도 없으신 겁니까?"
"현재의 성황께선 그다지 전쟁을 좋아하는 분이 아니세요."
"아, 하긴…… 제 기억으로는 좋은 옆집 할아버지 같은 분이셨습니다."
세라피나가 피식 웃었다.
그러자 펜드래건이 은근슬쩍 주먹을 불끈 쥐었다.
이런 식으로 점수를 따 가면 되는 것이다!
반면 무영은 턱을 쓸었다.
'그곳에 모여 있는 이라 해야 열 명이 안 넘을 것일진대.'
무영이 기억하기로 디아블로의 사제들은 힘이 없다. 숫자도 적다. 기껏해야 열 명 안팎이 제단 근처에 모여 있을 터였다.
그런데 산을 움직일 정도로 강력한 악신의 추종자들이라?
'이상하군.'
확실히 이상한 일이었다.
고작해야 실력 있는 성기사 한 명이면 정리될 일이었다.

하지만 세라피나에게 보고가 왔다는 건 고전을 면치 못하고 있다는 뜻.

'자멸의 언덕에 내가 끼친 영향은 존재하지 않는다.'

아무리 나비효과가 크다지만 무영의 모든 행동은 디아블로의 제단과는 전혀 관계가 없었다.

갑자기 사교도의 세력이 커졌을 이유가 없다.

하나, 걸리는 게 있긴 하였다.

'스노우.'

무영에게 있어서도 유일한 변수.

그래, 스노우는 변수다.

그녀가 그곳에 정말로 있다면 자멸의 언덕에서 무슨 일이 일어날지도 확신하지 못한다.

"서둘러야겠습니다."

세라피나가 웃는 낯을 지우며 말했다.

보고가 왔다는 건 일종의 SOS다.

그곳에 있는 병력만으로는 대처하기 힘들다는 것.

현재 세라피나가 끌고 온 병력은 이천여 가량이었다.

무슨 일이 일어나고 있는 것인지 충분히 확인할 수 있는 전력인 셈이다.

무영 역시도 궁금하기 그지없었다.

'너의 의도가 무엇인지 모르겠지만.'

무영은 스노우가 껄끄러웠다.

그녀가 무영을 도우려 하는 이유를 몰랐고 어째서 굳이 접선을 해온 것인지도 불투명했다.

하지만 나만의 검을 세우겠다고 다짐한 순간, 그런 걱정이 전부 날아갔다.

지금의 무영은 과거와는 다르다.

그러나 스노우가 바라는 무영은 과거의 무영일 수도 있었다.

정말로 그러하다면…….

'기다리고 있도록.'

무영의 눈빛이 더욱 스산하게 잠겼다.

시체가 넘쳤다.

썩은 내가 요동을 했다.

대지 역시 죽었다.

주변 모든 풀과 나무가 검게 물들고 갈라졌다.

자멸의 언덕은 낮은 산들이 굽이굽이 있는 곳이었다.

항상 안개가 자욱해서 길을 잃으면 살아서 돌아올 수 없다 하여 그 위험성을 알리고자 '자멸의 언덕'이라 불렀다.

확실히 주변엔 안개가 자욱했다.

앞을 제대로 분간하기 힘들 정도였다.

"정화의 의식을 시작하세요."

세라피나가 말하자 사제들이 튀어나왔다.

주변에 놓인 시체는 이백여 구는 될 듯싶었다.
이윽고 땅과 구름, 바다의 사제들이 신의 이름으로 정화를 시작했다.
안개가 사라지고 썩은 내가 조금씩 가셨다.
적어도 대지는 안정화가 되었다.
하지만 모든 게 정화가 된 것은 아니었다.
그어어어어!
푹!
신성력이 닿자 시체가 일어났다.
가장 가까이에 있던 사제들이 가장 먼저 죽임을 당했다.
"언데드! 언데드입니다!"
"왜 언데드가 신성력을……!"
세라피나가 급히 말머리를 돌렸다.
"기사들은 앞으로!"
검을 꺼내며 세라피나가 외쳤다.
사제들을 지켜야 한다. 사제가 모두 죽으면 이 깊은 언덕을 헤쳐 갈 수 없었다.
'신성력이 통하지 않는다?'
정상적인 일과는 거리가 멀다.
무영은 조용히 비탄을 쥐었다.
적어도 성기사의, 사제들의 신성력은 언데드에게 통하지 않았다.

도리어 언데드들이 그 신성력을 흡수하고 강해졌다.
신성력이 담긴 검에 피부가 베이면 빠르게 재생했다.
모두가 처음 겪는 상황에 당황할 수밖에 없었다.
하지만…… 이상한 것은 또 있었다.
'내겐 달려들지 않는군.'
정확히 말하자면, 언데드들이 무영을 피해가고 있었다.
막상 비탄을 꺼내 들었으나 수백의 언데드가 기적처럼 무영이 있는 영역에 들어가질 않았다.
마치 두려운 무언가를 피해가듯이.
억지로 무영이 달려들어 언데드의 수급을 베었다.
그러자 언데드가 가루가 되어 흩날렸다.
'내 신성력은 통하는군.'
무영은 비탄과 가루가 된 언데드를 번갈아 쳐다봤다.
실험을 위해 신성력을 비탄에 담았다.
다른 성기사나 사제의 신성력은 흡수하면서 무영의 신성력에는 극독처럼 반응한다.
무영이 가진 신성력의 근원이 대천사 가브리엘이기 때문일까?
쉬이익!
푹!
모두가 당황하며 속수무책으로 당하고 있을 때, 어디선가 화살이 날아들어 언데드의 머리를 꼬챙이처럼 꿰뚫었다.

슉! 슈슈슉!

이윽고 수십 발의 화살이 동시에 떨어졌다.

"신성력을 사용하지 마라! 저 언데드들은 신성력을 흡수한다!"

그 틈을 타, 한 명의 여인이 기다란 파란 머리를 흩날리며 등장했다.

역시 세라피나와 같은 종의 백마를 타고 있었는데 거대한 장궁을 사용하며 언데드를 격살했다.

'이단 심판관 라미엘라.'

새로 나타난 여인은 일곱 명의 이단 심판관 중 하나였다.

동시에 라미엘라의 뒤로 수천의 병사가 들이닥쳤다.

능수능란하게 언데드의 목을 자르며 순식간에 주변을 정리했다.

"후우!"

라미엘라가 마지막 언데드의 미간에 화살을 박아 넣고는 한숨을 내쉬었다.

"라미엘라!"

언데드가 정리된 후, 세라피나가 급히 말에서 내렸다.

그러곤 라미엘라 쪽을 향해 다가갔다.

세라피나는 반가운 기색이었지만 라미엘라의 표정은 잔뜩 굳어 있었다.

"오랜만……."

"세라피나, 병사들을 다 죽일 생각인가요?"

쏘아붙이는 말에 세라피나도 미소를 지웠다.

"다 죽이다니요?"

"상황 판단이 이렇게 느려서야! 당신도 언데드들이 신성력을 흡수하는 걸 보지 않았나요? 그런데 아무런 명령도 안 하고 있었죠. 제가 아니었으면 애꿎은 병사들만 죽어 나갔을 거예요. 알고 있나요?"

"아……."

세라피나가 고개를 끄덕였다.

자신의 실수가 맞았다. 뻔히 봤으면서 당황한 나머지 판단이 늦어버린 것이다.

1초가 늦을 때마다 한 명씩이 죽어 나간다.

라미엘라가 나타나지 않았다면 큰 손실이 날 뻔했다.

"정신 차리세요. 이곳은 전장입니다."

"라미엘라, 명심하겠습니다."

"정화의 의식을 함부로 해서도 안 됩니다. 시체들이 언데드가 되는 수가 있으니까요."

"언데드에게 신성력이 통하지 않는 이유가 뭐죠?"

"그건 저도 아직 몰라요. 디아블로의 사교도들이 이곳 자멸의 언덕에 숨어 있다는 사실만 겨우 확인할 수 있었어요."

라미엘라가 고개를 내저었다.

신을 죽이는 창이 이곳에 있다는 이야기만 들었지 사교도에 대해선 라미엘라도 들은 바가 없었기 때문이다.
당황스러운 건 마찬가지였다.
"하여간 세라피나, 합류 지점으로 함께 이동하지요."
"알겠습니다."
"과거의 당신은 가장 우수한 성녀 후보였지만 지금은 누구보다 판단을 잘 내려야 하는 심판관이라는 걸 잊지 마시길 바랍니다."
"……."
세라피나가 입을 닫았다.
라미엘라는 피식 웃음을 흘렸다.
가장 우수한 성녀 후보였으면 뭐하나.
지금은 어리바리한 심판관일 따름이다.
막 말머리를 돌리려는 찰나, 라미엘라가 한마디 더했다.
"그러고 보니 퍼스트 나이트를 들였다고요? 그는 어디 있죠?
라미엘라의 옆에는 2m가 넘어 보이는 거구가 있었다.
거대한 대검을 든 기사.
일당백이라는 말이 잘 어울리는 남자였다.
"그는……."
세라피나가 고개를 돌렸다. 그러곤 미간을 잠시 찌푸렸다.
없었다.
무영이 온데간데없이 사라졌다.

"설마 심판관을 두고 도망간 건 아니겠죠?"
"그는 그럴 사람이 아니에요."
"그럼 왜 이곳에 없지요?"
"그건……."
세라피나가 할 말을 잃었다.
방금 전까지는 분명히 있었건만 그사이 어디로 갔단 말인가?
라미엘라가 있는 힘껏 비웃었다.
"후후, 정말 형편없군요."
"잠깐! 말이 너무 심한 거 아니오?"
돌연 펜드래건이 나섰다.
같은 심판관의 대화치곤 너무 날이 서 있었던 탓이다.
"그대는?"
"나는 펜드래건! 세라피나 님의 퍼스트 나이트 후보였던 자요."
라미엘라가 입꼬리를 말아 올렸다.
"그대가 퍼스트 나이트는 아니란 말이군요?"
"그건 그렇소만, 하여간 진짜 퍼스트 나이트는 어딘가로 도망갈 사람이 아니요. 굳이 그럴 필요도 없을 정도로 강한 사람이지."
"그런데 왜 이곳에 없는 거죠?"
"그건 나도 모르오. 하지만 부디 말을 가려줬으면 좋겠군.

둘은 같은 이단 심판관이 아니오? 듣기 좋지 않소."

"우리끼리의 애정 표현일 뿐이에요? 안 그런가요, 세라피나?"

세라피나가 힘없이 고개를 끄덕였다.

나선 펜드래건만 이상해진 꼴이다.

더 나서면 자신의 이미지만 이상해진다는 걸 펜드래건도 알았다.

"그렇다고 하는군요, 펜드래건 님. 부디 낄 곳과 안 낄 곳을 구분해 주시길."

라미엘라가 말머리를 돌렸다.

펜드래건의 얼굴이 홍시처럼 빨개졌다.

"정말 괜찮으십니까?"

억지로 감정을 절제하며 세라피나에게 묻자 그녀가 힘없이 답했다.

"예…… 그런데 가엘 님을 못 보셨는지요?"

"못 봤습니다."

"어디를…… 가신 걸까요?"

"……."

세라피나는 뭔가 힘이 없어 보였다.

하지만 이 순간에도 갑자기 사라진 남자 타령이라니.

자신이라면 무슨 일이 있어도 세라피나의 옆을 지킬 텐데 말이다.

문제는 그것을 지금 입에 담을 수 없다는 것이다.
하여, 펜드래건은 입을 꾹 닫았다.

무영은 달렸다.
달리고 달리고 또 달렸다.
은밀할 필요가 없었다.
지금 쫓는 대상은, 무영이 바라고 머지않던 이들이었으니까.
죽은 나뭇가지가 거칠게 흔들렸다.
덩달아 무영의 심장도 거세게 뛰었다.
지금 무영을 피해 도망가는 자들.
세라피나와 사제들을 멀리서 지켜보던 존재들!
'살수림!'
무영이 이를 드러내며 웃었다.
얼마나 기다렸던가, 얼마나 고대했던가!
숨 막히게 달려왔다. 과거와는 다른 길을 걷고자.
무영의 목표는 오로지 웡 청린이었다. 나머지 살수들은 웡 청린의 희생양일 따름이었다.
하지만 웡 청린은 아무래도 다수의 살수들을 이끌고 자멸의 언덕에 당도한 모양이었다.
"……."
살수들은 말이 없다. 대신 하나의 명령 체계로 연결되어 있다.

그들의 행동양식은 너무나도 뻔하다.

추격자가 있다면 배제하는 것!

무영은 숨지 않았다. 누구보다 빠르게 살수들과의 거리를 좁혔다. 들키는 건 당연한 일이다.

다섯 살수가 자리에 멈춘 채 무영을 바라봤다.

무영도 지그시 그들에게 눈빛을 주었다.

'100번대 살수.'

익숙한 얼굴들.

과거 무영과 함께 수련한, 어쩌면 동지라고 할 수 있는 자들.

100번대의 살수라면 어지간한 강자도 암살할 수 있는 수준이다.

상급 살수로 분류되며 그 위엔 10명으로 이루어진 '대살수'와 웡 청린이 존재할 뿐이었다.

100번 대의 살수 다섯이 모이면 한 명의 대살수 몫을 할 수 있다. 그리고 대살수는 홀로 인류 10강을 암살할 수 있다.

무영 역시 과거엔 대살수였다.

하지만 그냥 대살수가 아니다.

웡 청린을 죽이고 0번이 되었다.

100번 대의 살수 다섯이 모인다고 무영을 상대하진 못한다.

"나를 원망하지 마라."

무영은 나지막하게 말했다.

그들을 세뇌시킨 건 웡 청린이다. 수년, 수십 년간 축적하여 설령 세뇌가 풀리더라도 정상적인 생활을 해나갈 순 없다.

그나마 무영은 매우 특별한 케이스였다.

수천, 어쩌면 수만 명 분량의 상태창 시계를 수집했다.

상태창 시계는 그 사람을 가리키는 나침판이다. 그들의 정보, 그들이 걸어온 모든 길이 적혀 있다.

무영은 그것을 읽었다. 그러면서 자아를 유지했다.

하지만 나머지는…….

숨만 쉬는 인형과 다를 바 없다.

좌아아아악!

수많은 언덕이 굽이쳤다.

모든 언덕엔 각기 다른 시련이 존재하고 있었다.

하지만 세라피나와 라미엘라는 거침없이 진격했다.

이러니저러니 하더라도 둘은 이단 심판관.

수십만 뮬라란에서도 고작 일곱뿐이 없는 존재였기에 반나절 만에 합류지점에 도착할 수 있었다.

"아아! 라미엘라 님, 세라피나 님!"

"심판관께서 오셨다! 그것도 두 분이나!"

"우린 이제 살았어!!"

모두가 환호했다.

합류 지점은 처참했다. 중상을 입은 병자들이 고통에 찬

심음을 흘리며 널려 있었다. 제대로 된 치료가 쉽지 않아 겨우 현상 유지만 하는 중이었다.

그나마 정상적으로 움직이는 자들은 매우 피로해 보였다.

밤낮을 가리지 않고 공격해 오는 적들과 신성력이 통하지 않는다는 공포가 그들에게 커다란 압박으로 다가온 탓이다.

신성 제국의 힘이, 신의 힘이 통하지 않는 이단이라니!

상상조차 해본 적이 없는 일이었다.

"만나서 반갑습니다. 심판관 라미엘라 님, 심판관 세라피나 님."

"헤브너 성기사단의 부단장이군요. 당신이 이곳을 지휘하고 있나요?"

세라피나가 먼저 물었다.

그러자 부단장이라 불린 남자가 고개를 끄덕였다.

갑옷은 넝마가 되어 있고 팔엔 부목을 하고 있었다.

"전 지휘관인 투스 단장님은 전투 도중 저희를 위해 몸을 던지셨습니다. 그래서 지금은 부단장인 제가 부족하나마 이곳을 이끌고 있습니다."

"정말, 처참하군요."

세라피나가 아니었다.

말에서 내려온 라미엘라가 쓴소리를 내뱉었다.

"면목 없습니다."

부단장이 고개를 숙였다.

자멸의 언덕으로 출발한 성기사와 사제들은 대략 만 명 정도.

그만큼 뮬라란에서도 관심 있게 지켜보는 일이었다.

한데 지금 이 꼴은 뭐란 말인가.

뮬라란의 위상은 전혀 느껴지지 않았다.

그야말로 패잔병.

만 명 중 절반도 안 남았다. 게다가 대부분은 부상을 입었다. 즉각 전력으로 사용할 수 있는 건 기껏해야 이천여 명가량.

"설명을 부탁드립니다. 대체 어느 이단 종교가 이만한 힘을 지녔는지요?"

세라피나가 조심스럽게 물었다.

이단 종교는 토벌해야 할 대상이다. 그럴진대 역으로 당했다.

더욱 조심스럽게 접근할 필요가 있었다.

부단장은 무겁게 입을 열었다.

"디아블로를 아십니까?"

"문헌상에 존재하는 악마가 아닙니까?"

72마신이나 그 휘하의 악마들 중엔 디아블로의 이름을 가진 자가 없었다.

하지만 고대의 문헌을 보면 간혹 등장해 세계를 파멸로 몰아넣었느니 하는 이야기를 볼 수 있었다.

부단장이 고개를 끄덕였다.

"정확히 말하자면, 디아블로는 이곳이 아닌 다른 세계의 마신입니다. 어쩌면 상상 속의 악마일지도 모르지요. 본래라면 디아블로의 힘은 전승되지 않았어야 정상입니다."

"그것이 사교도의 한계 아닙니까?"

"예. 존재하지 않는 신, 혹은 악신은 자신의 힘을 나눠주는 걸 극도로 꺼려하지요. 때문에 추종자들도 힘을 가진 이가 별로 없습니다. 하지만……."

"하지만?"

꿀꺽!

부단장이 침을 삼켰다.

그의 동공이 크게 흔들렸다.

"마녀가 있습니다. 검은 날개와 하얀 날개를 동시에 지닌 마녀가……. 사교도들은 그 마녀를 '신녀'라 부르며 추앙합니다."

검은 날개와 하얀 날개!

세라피나가 흠칫 놀랐다.

재빨리 안정을 되찾았지만 심장이 뛰는 건 어찌할 수가 없었다.

"두 쌍의 날개를 지녔단 말입니까?"

"예, 인간이되 인간이 아닌 존재입니다. 형용할 수 없는……."

부단장이 몸을 떨었다.

얼마나 심하게 당했는지 알 수 있는 대목이었다.

'무영 님과 비슷해.'

그러나 무영은 세 쌍의 날개를 지니고 있었다.

하지만 무영은 악신을 추종하지 않는다.

그 힘은, 그 신성력은 숭고함 그 자체였으므로.

물론 날개를 지녔다는 것 자체가 범상치 않은 일임에는 분명했다.

"뿐만이 아닙니다. 그들을 돕는 곳이 있습니다."

라미엘라가 한 발자국 앞으로 나섰다.

그녀는 매우 심사가 언짢은 표정으로 말했다.

"이단을 돕는 곳 또한 이단이지요. 모두 극형으로 다스려야 합니다."

"생각처럼 쉽지가 않습니다. 그곳은 인류의 가장 깊은 어둠. 혹시, 살수림을 아십니까?"

"……살수림이 관계되어 있다는 말인가요?"

라미엘라의 언사가 조심스러워졌다.

모를 리 없었다.

살수림은 인류의 어둠이다.

온갖 추악한 감정이 모여 탄생한 곳이 그곳이었다.

하지만 어느 누구도 그곳의 진정한 실체를 모른다.

철저한 점조직. 뮬라란조차 수십 년간 그곳을 파헤쳤지만 겉만 훑었을 뿐이었다.

몇 명의 조직원으로 구성되어 있고 몇 개의 조직으로 분산되어 있으며 그곳을 다스리는 자가 누구인지도 모든 게 불명이었다.

"중요 사제들과 기사들이 암살당했습니다. 저도 살수 한 명에게 습격을 받고 부상을 입었지요."

그의 말엔 자신이 없었다.

이름 있는 기사단의 부단장쯤 되는 자가 전의를 이미 상실한 것이다.

실제로 살수림에게 노려져 살아남은 이는 없었다.

있다손 치더라도 얼마 안 있어 자취를 감추게 된다.

한 번 노린 이는 수년, 수십 년이 지나도 계속해서 노린다.

그 집요함은 치를 떨 수준이었다.

부단장은 자신의 죽음을 인지하고 있었다.

살수림에 노려진 이상 오래 가진 못할 것이라고.

"조심하십시오. 주변을 경계하셔야 합니다. 살수림의 살수들은 온갖 기상천외한 방법으로 목숨을 노리니까요."

라미엘라와 세라피나가 표정을 굳혔다.

하필이면 살수림이라니!

뮬라란에서 거의 유일하게 손을 못 댄 조직이 그곳이다.

살수림의 규모는 어지간한 거대 집단을 방불케 할 정도라고 '추정'되지만 정작 그 실체가 없었다.

당연히 알려진 정보 역시 한정적이다.

이제부터 디아블로 제단과 함께 '그림자'를 상대해야 하는 것이다.

있는지 없는지 모를 적을 견제하고 경계하며 하루하루 몸을 떨어야 했다.

그만큼 살수림이란 이름 세 글자가 가져다주는 파급력은 상상 이상이었다.

좌아악!

피가 튀었다.

튄 피가 얼굴에 묻었다.

무영은 닦아낼 생각조차 하지 않았다.

살수들이 숨어 있는 곳을 습격하고 또 습격했다.

그들이 몸을 숨기고 있을 곳은 뻔했다.

외인으로부터 철저히 자신을 숨겼지만 무영은 이미 40년이란 시간 동안 살수림에 몸을 담았던 바가 있었다.

살수들이 몸을 숨길 장소를 읽어내는 일쯤은 식은 죽 먹기보다 쉬웠다.

더불어, 웡 청린이 있을 곳을 알아내려면 그들의 '피'가 필요했다.

'피는 매개체지.'

웡 청린은 강력한 살수에게 그 이상의 금제를 걸었다.

육체와 영혼 전부를 속박했다. 피는 그 세뇌의 매개체와 같았다.

하지만, 덕분에 약점이 되었다.

강력한 살수들이 지닌 피는 웡 청린이 있는 장소를 알아낼 수 있는 유일한 길잡이가 될 수 있었다.

강력한 금제를 가할 때, 웡 청린 본인의 피도 섞어야 하기 때문이다.

'대도시에서 만난 살수는 모두 급이 낮았다.'

그들은 단편적인 명령만을 가지고 단순하게 움직였다.

그러나 이곳, 자멸의 언덕에 있는 살수들은 급이 다르다.

무영은 살수들의 피를 채취하고 정제했다. 그리고 웡 청린의 피만을 추출해 최대한 모으기 시작했다.

문제는 확실하게 움직이려거든 족히 50명분의 피를 모아야 한다는 건데…….

'웡 청린. 살수림 전부를 끌고 온 것이냐?'

그 부분이 말끔히 해결되었다.

자멸의 언덕에 숨어 있는 살수의 숫자가 상상 이상이었다.

애당초 웡 청린이 살수림의 주요 전력 전부를 끌고 온 듯 싶었다.

'단순히 신을 죽이는 창만을 바라는 건 아닌 모양이구나.'

무엇을 노리는지 무영은 모른다.

이곳의 모든 건 변수 그 자체였으므로.

굳이 생각을 하려 하지 않았다.

하지만 웡 청린은 실수한 것이다.
평소처럼 소수로만 움직였어야 했다.
모두를 끌고 온 덕분에 무영이 움직이기가 편해졌다.
지금쯤 웡 청린도 이변을 알아차렸을 것이다.
누군가가 살수들을 사냥하고 다닌다는 걸 깨달았으리라.
'도망칠 것이냐, 아니면 싸울 것이냐.'
하지만 그래도 늦었다.
무영은 착실하게 웡 청린이 있는 곳으로 향하고 있었으니!
물론, 아무런 생각 없이 이동하는 것도 아니었다.
'죽음의 예술.'
죽은 살수가 되살아났다.
더욱 강력해진 모습으로!
무영의 수족이 되어 움직일 터였다.
기른 개가 주인을 문다.
어떠한 기분일까?
파파파팍!
순간 하늘에서 비수의 비가 내렸다.
족히 수천에 달하는 비수가 비가 내리듯 쏟아지기 시작한 것이다.
무영은 급히 몸을 틀어 '가시화' 스킬을 전개했다.
수우욱.
무영이 막아내기 무섭게 등 뒤에서 기척이 느껴졌다.

본능적으로 위험을 느꼈다.

가시화 스킬로 방어가 견고해졌대도 강력한 일점의 공격에는 약할 수밖에 없었다.

촤라락!

무영은 보다 빠르게 반응했다.

비탄이 허공을 가르자 검은 옷을 입은 살수가 공중을 한 바퀴 돌아 바닥에 착지했다.

살수가 착용한 복면이 반으로 잘려 떨어졌다.

마냥 허공만을 가른 건 아니었다.

살수의 얼굴을 보고 무영은 다시금 미소 지었다.

웡 청린의 선택을 알 수 있었기 때문이다.

저자를 보냈다는 건 도망이 아닌 싸움을 택했다는 의미다.

어찌 웃지 않을 수 있겠는가!

도망쳤다면 도리어 실망을 했을 것이었다.

'대살수. 10번.'

무영을 노린 이는 대살수였다.

살수림을 대표하는 10명의 살수 중 한 명!

게다가 대살수들은 특히 서로를 잘 알았다. 서로의 정신이 일정 부분 공유되어 있었다.

비록 지금은 아니지만 정말로 가족을 만난 기분이었다.

무영은 목구멍에 넘쳐흐를 것만 같은 말을 억지로 삼켰다.

오랜만이로구나.

43장
웡 청린

울컥!

대신 피를 토했다.

대살수 10번. 놈의 몸속에는 무수히 많은 바늘이 있다.

처음 화려한 동작으로 이목을 분산시키고 공격한 뒤, 그조차 막히면 손등의 피부 안에 있는 장침을 날려 혈을 공격한다.

'여전하군.'

가까스로 피해냈으나 암습을 막았다는 게 중요하다.

대살수는 인류 10강을 상대하고자 만들어진 그림자.

다만, 어디까지나 '암살'에 주안을 두고 있다.

당연히 암습이 통하지 않으면 그 기대치가 현저하게 낮아진다.

무영이 과거 살수림을 지울 수 있었던 이유다.

그들이 암습을 할 만한 시간과 여유를 주지 않고 정면으로 대부분을 베어버렸던 것이다.

무영은 당시에도 네 가지 클래스가 있었던 탓에 정면 대결도 크게 약한 편이 아니었다.

다만 그 과정에서 무영도 죽었다.

혼신의 힘을 담아 이중, 삼중으로 설치한 덫을 웡 청린이 가볍게 꿰뚫어 본 탓이었다.

'이제 덫은 필요 없다.'

만약 정면으로 대살수가 인류 10강을 죽일 수 있다면 인류 최강의 집단은 살수림이 되었을 것이다.

하지만 대상을 인지하고 바로 앞에서 싸울 경우 대살수 다섯이 모여야 마찬가지로 10강 중 하나를 처치할 정도다.

그 또한 용군주 한성과 같은 자들은 아예 논외로 쳐야 하겠지.

그리고…… 무영의 무력은 10강의 반열에 올랐다.

이는 단순한 계산이고 모든 능력을 사용한다면 능히 최상위권에 속할 정도일 것이다.

덫을 파고 상대가 걸리길 기다릴 필요가 없다.

무영이 찾을 것이다.

무영은 사냥감이 움직이는 모든 길을 꿰고 있었다.

이제는 반대로 웡 청린이 무영을 잡고자 덫을 파야 했다.

입을 쓸었다.
한 번은 일부러 당해주었다.
대살수끼리의 인사와 같은 것이었다.
"제대로 하지."
하지만 인사는 한 번이면 족하다.
천천히 비탄을 뽑았다.
스릉!
어느덧 하늘이 뉘엿뉘엿 저물어 가고 있었다.
나지막한 황혼 속에서 무영의 검이 마지막 불꽃을 태웠다.
'황야.'
세계가 이윽고 무영의 색깔로 물들었다. 거센 모래바람이 불어 닥쳤다.
파아악!
무영은 가브리엘의 날개를 펼쳤다. 무영의 머리 위로 세 개의 뿔이 돋아났다.
촤좌착!
10번이 이상을 느끼곤 손을 뻗었다. 그러자 손등에서 무수히 많은 장침이 쏟아졌다. 강력한 극독과 마력이 덧씌워져 있어서 어지간한 피부는 단번에 뚫어버릴 것이었다.
무영은 자신의 몸을 날개로 감쌌다.
가브리엘의 날개는 '정의'를 대변한다. 무영의 행동을 정당화시켜 주는 모든 힘이 이 날개에 깃들어 있었다.

촤아아아아아아아아아악!

10번이 공중으로 뛰어올라 전신을 팽이처럼 돌렸다.

수천, 수만 개의 장침이 마치 비처럼 쏟아지기 시작했다.

대살상용.

10번의 주특기이자 최강의 공격이었다. 이 수법으로 죽어나간 이가 족히 천은 헤아릴 것이다.

무영은 날개를 풀었다.

그리고 비탄을 들어 그 공격 모두를 맞이해 주었다.

8배속으로 움직이는 세상 속에서 비탄이 수만에 이르는 장침을 하나하나 베어냈다.

가히 신기라 칭할 움직임.

말 그대로 정면 대결이 따로 없었다.

그러는 와중에도 무영은 한 발자국씩 움직였다.

하지만 무영의 눈은 계속해서 10번을 바라보고 있었다.

그것밖에 안 되느냐?

꾸짖음이었다.

그러자 10번의 전신에서 수많은 바늘이 꿈틀댔다. 바늘이 전신을 자극해 10번을 각성시켰다.

위험부담이 큰 기술.

수명을 족히 10년은 깎아먹지만 그만큼 육체를 강화시킬 수 있는 10번의 최강 기술이었다.

본래라면 암습이 실패한 시점에서 10번은 도망쳐야 했다.

모든 살수의 지침이 그러하다.

그런데 10번은 도망치지 않았다. 도망칠 수 없었다.

이곳은 무영의 결계 안, 황야의 중심부다.

모든 본질을 극대화시키는 장소.

이곳에서 무영은 이전과 다른 모습을 하고 있었다.

족히 2m에 가까운 거구와 하늘까지 닿을 듯 거대한 세 쌍의 날개!

비탄도 몸에 맞춰 크기를 늘렸다.

반면…… 10번은?

"내가 두렵나?"

10번은 그대로다. 하지만 그의 혼이 격하게 흔들리고 있음을 무영은 알 수 있었다.

무영은 비탄을 놀렸다.

10번이 막아섰으나 역부족이다.

무영이 날갯짓을 하자 그 방향으로 강렬한 태풍이 불었다. 수십 개의 돌개바람이 일어나 10번을 강타했다.

애당초 정면 대결에서 10번은 무영을 이길 수 없다. 황야가 아니더라도 마찬가지다.

10번의 전신이 조각나기 시작했다.

'죽음의 예술.'

이윽고 바람이 멎었다.

바닥엔 고기 조각만이 나뒹굴 뿐이었다.

그 상태에서 무영은 만들기 시작했다.
10번의 영혼을 접하고 그의 밑바닥을 훑었다.
그의 본질을 찾아주고자 하였다.

〈대단합니다! 데스 로드가 전율합니다!〉
〈예술 점수…….〉

쏴악!
무영은 점수를 지웠다.
누군가의 평가를 위해 만든 게 아니다.
평가를 받고픈 마음도 없었다.
이것은 오로지 무영과 살수들을 위한 일이었다.

오로지 무영과 살수들만이 알 수 있는 소리 없는 노래였다.
캬아아아악!
살 조각이 뭉치며 한 가지 형상을 만들었다.
언뜻 보면 대형견의 모습이다.
그 크기가 어지간한 성인만 하다는 게 문제지만, 복슬복슬한 털과 꼬리가 달려 있었다.
털은 강철처럼 단단했다. 닿는 순간 모든 걸 뚫어버릴 정도였으며 개는 전신의 털을 자유자재로 다룰 수 있었다.

10번은 개를 좋아했다.

어렸을 적부터 함께한 개는 10번이 15살이 되던 해 죽었다. 개로선 장수를 했다 할 수 있겠지만, 10번은 죽은 개를 평생 가슴에 안고 살았다.

하지만 정작 10번의 모습은 찾을 수가 없었다.

무영은 그의 영혼에 새겨진 개 한 마리의 모습을 겨우 발견했을 따름이었다.

"너의 본모습을 찾아주지 못해 미안하다."

무영은 손을 뻗었다.

개의 머리를 쓸었다.

강력한 털이 한순간 부드러워졌다.

모든 걸 꿰뚫어버려야 정상이지만 무영만은 논외였다.

"앞으로 너를 텐이라 부르마."

크릉!

텐이 긍정했다.

이윽고 무영은 황야를 풀었다.

극도의 탈수증이 찾아왔지만 무영은 고개를 한 번 털어내는 것으로 마무리를 지었다.

무영은 텐을 바라봤다.

텐을 만들며 자연스럽게 알게 된 것들이 있었다.

"너의 형제들을 찾아라, 텐."

디아블로의 제단이 흔들렸다.

그 앞에서 신녀는 눈을 감고 있었다. 그러곤 혼잣말을 중얼거렸다.

"10번이 당했습니다."

"안다."

묵직한 목소리가 울렸다.

어디서 들리는 목소리인지는 모른다. 언뜻 들으면 여자 같기도 했고 남자 같기도 한 그런 목소리였다. 때로는 어른 같으며 또 때로는 아이와 같아졌다.

도무지 종잡을 수 없는 존재.

살수림을 이끄는 주인이 지근거리에 존재하고 있었다.

신녀는 개의치 않으며 계속해서 말했다.

"그는 우리와 뜻을 함께할 수 있습니다."

"놈에게선 아주 위험한 냄새가 난다. 나와 비슷한…… 놈은 반드시 제거해야 해."

"말했지 않습니까? 엄밀히 말하자면 그는 당신의 제자와 같다고."

"제자?"

그림자가 코웃음을 쳤다.

이후 조롱조로 말했다.

"너는 미래를 보았다고 하였다. 세계의 파멸, 이후 이어진 가짜 신들의 강림. 믿었던 모든 게 사라지고 오로지 거짓만이 남았던 세상을."

"맞습니다. 당신이 이끄는 살수림은 사라졌고 이후는 그야말로 혼돈 그 자체였지요. 세상이, 우주가, 모든 차원이 파멸을 맞이했습니다."

"나는 그저 그림자일 뿐이다. 네가 나를 찾았고, 너는 내게 소망했다. 다만 다른 이들과는 조금 다른 소망이었지. 세상의 파멸을 막는다! 하지만 나는 확신한다. 놈은 세상을 파멸시킬 그릇이다. 놈은 내 제자 같은 게 아니야."

그림자는 자신의 의견을 굽히지 않았다.

신녀가 한숨을 내쉬었다.

"그는 축복 받은 존재입니다. 빛과 어둠, 혼돈과 그 외의 모든 것으로부터. 단순한 그림자인 당신은 결코 그와의 싸움에서 승리할 수 없습니다."

"과연 그럴까?"

그림자가 웃었다.

그는 자신이 진다는 생각을 하지 않았다.

무영이 그를 알듯이, 그도 이제는 무영을 알았다.

신녀는 미래를 보고 그림자가 패배할 것이라고 말한다.

그러나 세상에 절대적인 것은 없다.

신녀가 걱정스럽게 말했다.
“그와 대적하지 마십시오. 당신은 그를 이길 수 없습니다.”
“놈은 나와 같은 그림자다.”
그림자가 조금씩 멀어졌다.
그가 마지막으로 한마디를 남겼다.
“그러니 더 깊은 자가 살아남을 것이다.”

우어어어어어!
괴물들의 습격이 시작되었다.
수많은 언데드가 산을 채웠다.
그 숫자가 족히 일만을 헤아렸다.
“방어진을 구축하세요!”
“사제들을 지키세요!”
세라피나와 라미엘라가 고군분투하였다.
그러나 적들의 공세는 끝이 없었다.
심지어 언데드에게 죽임을 당하면 그 자신이 언데드가 되었다.
신성도시 뮬라란. 신의 축복을 받는 전사들에겐 결코 일어날 수 없는 일이었다.
신성력이란 말 그대로 신성한 힘이다.

죽음과는 상반되며 악한 기운은 결코 침범할 수 없다.

그럴진대 성기사가, 사제가 언데드가 되어 재차 공격을 시작했다. 하물며 사제가 죽을 경우엔 언데드를 회복시킬 수 있는 어둠사제로 변모한다.

반대로 뮬라란의 사제와 성기사는 신성력을 사용할 수 없었다. 사용하면 언데드들이 반대로 그 힘을 흡수해 강해졌다.

속 빈 강정.

당연히 제대로 된 싸움이 진행될 리 없다.

"원군은?"

"다른 도시에선 연락이 없습니까!"

세라피나와 라미엘라는 뮬라란 외의 다른 도시에도 SOS를 보내놓은 상황이었다. 뮬라란의 이름으로 청한 도움이니 그들도 마냥 외면치는 못할 터.

하지만 그 시간을 버티는 게 중요하다.

"후퇴!"

"세라피나! 앞은 제가 막겠어요!"

결국 물량전을 당할 수가 없었다.

숫자가 비슷하대도 저들은 죽음을 무서워하지 않는 군대다. 계속해서 불어나며 지치지도 않는다.

하물며…… 신성력 또한 통하지 않았다.

"저, 저건 또 뭐야?"

"하늘이……."

하지만 후퇴도 쉽지 않을 듯싶었다.
하늘이 어느 순간 까맣게 물들었다.
거대한 그림자가 하늘의 모든 빛을 잡아먹고 있었다.
캬오오오오오!
"본 드래곤!"
언데드의 최상위종.
용의 뼈로 만들어서 붙여진 이름, 본 드래곤!
두 마리의 본 드래곤이 하늘을 날았다. 그리고 그 위에서 몇 개의 그림자가 지상을 향해 뛰어들었다.
그림자들은 빠르게 흩어지며 아군을 죽였다.
감히, 어느 누구도 그림자를 막지 못했다.
"큭!"
라미엘라가 짧게 비명을 토했다.
그림자의 공격에 옆구리를 내어준 탓이다.
급히 그녀의 퍼스트 나이트가 막았지만, 시간 벌기에 지나지 않았다.
'무영 님!'
세라피나가 이를 악물었다.
무영이 없어진 이유가 있을 것이라고 그녀는 믿었다.
무영은 희망이다.
부디 희망에게 무슨 일이 없기만을 바라고 또 바랐다.

다섯 개의 그림자가 언덕을 넘었다.

그중 둘이 마신의 영역으로 흘러들어가 한 영지를 찾았다.

도깨비를 비롯한 온갖 이종족이 살아가는 곳.

두 개의 그림자가 그곳에 침투하여 학살을 시작했다.

또 다른 하나는 대도시로 향했다.

휘광 길드로 들어갔고 그곳에서 김태환을 찾았다.

나머지 둘은 권왕과 배수지에게로 향했다.

무영과 인연이 있는 자 모두를 끊어버리기 위한 움직임!

나머지 넷은 뮬라란을 상대했다.

세라피나를 찾고 요정을 잡았다.

텐과 움직이던 무영도 그를 느낄 수 있었다.

연결된 실들이 하나둘 끊기는 그런 느낌.

'웡 청린.'

놈도 이제 무영을 안다.

무영은 선택해야 했다.

어떤 방식을 취할 것인지!

하지만 한 가지 확실한 건, 지금 무영의 기분이 매우 좋지 않다는 것이었다.

영지는 활기찼다.

여러 종족이 어울리며 생기는 자연스러운 문제들을 제외하면 영주 대리로서 발탄과 서한은 최적으로 일을 해내고 있었다.

악마의 긴 밤을 맞이하고 잠시 주춤했던 영지민의 숫자도 시간이 지날수록 기하급수적으로 늘어나는 중이었다.

무엇보다 드워프들의 도움과 인간의 지식이 결합하자 늘어나는 영지민을 충당하는 것 이상의 성과를 거둬내고 있었다.

최소한의 의식주가 해결되니 나태해질 법도 하지만 발탄과 서한은 그런 이들을 가만히 두지 않았다.

"영주님이 돌아오시기 전에 그 이상의 성과를 내야 한다."

특히 서한이 열성적이었다.

서한은 도깨비들의 우두머리다.

도깨비에서 진화한 두억시니로서 무슨 일이 생기면 항상 선두에 서기를 마다하지 않았다.

하지만 서한은 마음이 급했다.

새로운 강자 아랑드의 출현.

영토 수호자 발탄의 성장도 하루가 다르게 강해지는 중이었다.

반면 서한은 왜인지 제자리걸음을 하는 것만 같은 기분이 들었다. 그래서 눈에 띄는 성과를 내고 싶어 하는 건지도 몰랐다.

"영토를 늘려라! 움이 계시는 한 이 주변에 우리의 적은 없다!"

그 중심의 과제가 바로 '영토 늘리기'였다.

영지의 인구는 어언 5만을 넘겼다.

마신의 영역에서 살아가는 종족들은 대부분 빠르게 번식하는데, 커가는 과정에서 보통은 태반이 죽는다.

하지만 영지라는 이름 아래에 의식주가 해결되자 그저 끝없이 늘어만 가는 중이었다.

하물며 외부에서 유입되는 숫자도 있었으니 이 속도면 조만간 땅이 부족해질 것이다.

서한은 그래서 땅을 늘리고자 하였다. 2만이 훌쩍 넘는 도깨비 중 서한과 같은 두억시니가 열에 달했다.

'움께선 우리와 다른 먼 길을 보신다. 보탬이 되어야 한다.'

도깨비들은 움과 훔을 숭상한다.

움은 도깨비의 제왕이며 무영이 이에 해당한다.

하지만 서한이 생각기에 무영은 평범한 움이 아니다.

역대의 모든 움을 통틀어 어쩌면 가장 강력한 힘을 보유하게 될지도 모른다. 무영이 나아가는 속도를 서한은 도저히 따라잡을 수가 없었다.

무영이 가고자 하는 길을 종잡을 수조차 없었다.

그가 보는 눈과 자신이 보는 눈이 너무나도 달랐기에.

무영이 그리는 그림의 짧은 선조차도 서한은 보지 못했다.

하지만, 도움이 되고 싶었다. 그러기 위해선 열길 불속이라도 뛰어들 준비가 되어 있었다.

서한은 전방을 바라봤다.

이곳은 영지와 가까운 숲이었다.

상급 괴물인 '반인수'들이 자리 잡고 있는 영역.

상반신은 인간의 모습이고 하반신은 거대한 뱀의 형상을 띠는 괴물!

"이상하군."

하지만 숲은 너무나도 조용했다. 장장 일만에 달하는 도깨비를 대동했으나 반인수들은 전혀 보이지 않았다.

그러나 악취가 났다.

"시체 썩는 냄새……."

그것도 아주 역한 내장의 비린내가 났다.

"아아악!"

"그림자! 그림자가……!"

동시에, 후방에 위치하던 도깨비들이 비명을 내질렀다.

서한은 인상을 찌푸리며 고개를 돌렸다.

그림자는 보이지 않았다.

하지만 잠시 눈을 떼면 동료들이 사라졌다.

그중엔 두억시니조차 포함되어 있었다.

'암습.'

그러나 상대가 누구인지 모르겠다.

"모두 뭉쳐라! 그림자를 붙잡아야 한다!"

서한은 목에 핏대를 올렸다.

불길한 일이고 평소라면 물러섰을 것이나 서한은 고집을

부렸다.

왜인지 모를 악의가 느껴졌기 때문이다.

어쩐지 무영과 비슷한 냄새가 사방에 진동을 했기 때문이다.

이백이 넘는 도깨비가 불과 두 시간 사이에 사라졌다.

"모습을 드러내라!"

서한이 이를 갈며 주변을 샅샅이 뒤졌다.

파삭!

지척에 있던 풀잎이 살짝 흔들렸다.

'거기 있구나!'

서한은 조용히 무기를 들고 단박에 뛰어들었다.

휘익!

거대한 몽둥이가 허공을 갈랐다.

하지만 몽둥이 위에 검은 복면을 쓴 남자 한 명이 올라타 있었다.

서한은 즉시 도깨비를 습격한 게 복면인임을 깨달았다.

"놈은 그림자 같은 게 아니다! 잡아서 죽여라!"

서한이 외치자 수많은 도깨비가 달려들었다.

놈은 이제 빠져나갈 수 없다.

제아무리 민첩하대도 이 주변은 모두 도깨비가 점거하고 있었다. 하물며 그림자 따위가 아니라는 걸 알게 된 이상, 쉽사리 도망칠 방법은 없었다.

쾅! 쾅!

서한이 무기를 휘두를 때마다 주변의 지형이 부서졌다.

상대는 그 공격을 모두 피해냈지만 구석으로 몰리는 중이었다.

몰이사냥과 다를 바 없다.

서한은 회심의 미소를 지었다.

푹!

천천히 가슴 쪽을 내려다보았다.

기다란 장검 하나가 심장을 관통하고 있었다.

'하나가…… 아니었단 말이냐?'

서한은 방심했다. 설마 두 명이 움직이고 있으리라곤 생각도 못했다.

죽은 도깨비들의 상흔과 같은 게 모두 같았던 탓이다.

서한은 장도를 두 손으로 잡았다.

서걱!

팔이 잘렸다.

"발탄과 아랑드에게 이 사실을 알리도록!"

서한은 자신의 생각을 전면 수정했다.

복면인들은 강하다.

둘이라면 도깨비들만으로는 잡지 못한다.

하지만 영지에는 서한과 도깨비만 있는 게 아니었다.

알고 대비하면 진짜 그림자도 잡지 못할 이유가 없다.

아랑곳하지 않으며 소리친 서한이 복면인의 목을 물어뜯었다.

콰득!

데구르르.

목을 문 순간 머리가 바닥에 나뒹굴었다.

복면인은 잠시 이빨 자국이 난 자신의 목을 만졌다.

"일단 하나."

"남은 건 둘."

퍼어엉!

이윽고 두 복면인이 연막탄을 던졌다.

감각을 어지럽히고 정신을 혼미하게 만드는 성분이 섞여 있는 연막이었다.

우둑!

팔이 꺾였다.

"쿨럭!"

김태환은 피를 토했다.

어두운 골목. 김태환의 상태는 처참했다.

한쪽 눈이 피에 잠기고 팔 한쪽이 기괴하게 꺾였으며 배에선 내장이 쏟아지는 중이었다.

당장 죽어도 이상할 게 없는 상황.

하지만 묻지 않을 수 없었다.

"누가, 누가 보냈느냐?"

김태환은 적이 많다. 휘광 길드 내에서 승승장구하는 중이기에 김태환을 아니꼽게 보는 이들이 있었다.

하지만 이만한 악의는 느껴본 적이 없었다.

이윽고 검은 그림자가 입을 열었다.

"무영."

김태환의 눈썹이 꿈틀거렸다.

"거짓말……."

믿지 않았다. 믿을 리 없었다.

암살자가 의뢰인의 이름을 섣불리 말하는 것도 상식 밖의 일이었다. 그저 혼란을 주기 위한 것임을 안다.

김태환은 바보가 아니었다.

"이제 보니…… 형님과 관계된 자로군. 불쌍한…… 놈! 하필이면…… 형님을 건드리다니."

진심에서 우러나오는 말이었다.

무영을 건드리고 살아남은 이가 없다.

"나를 죽인다고…… 형님께서 흔들리실 것 같은가? 그분은…… 다른 사람은 흔들려도 형님만큼은…… 절대 흔들리지 않는다. 푸하…… 끄윽!"

웃다가 다시 한번 피를 토했다.

그러나 그림자는 반응이 없었다.

대신 천천히 피가 묻은 장도를 치켜들었다.

김태환은 피를 억지로 삼켰다.

이럴 때 무영이라면 어떻게 할까?

그를 고민하자 곧 답이 나왔다.

김태환은 웃으며 말했다.

"확실하게 죽여라. 아니면 내가 네놈을 씹어죽일 테니까."

"허억!"

배수지가 식은땀을 흘리며 자리에서 일어났다.

"후우, 후우, 후우……."

급히 얼굴을 닦아내고 뺨을 두드렸다.

악몽. 끔찍한 악몽을 꾸었다.

아직도 심장의 떨림이 멎지를 않는다.

"나쁜 꿈이라도 꿨느냐?"

모닥불 주변에서 몸을 눕혔던 남자가 고개를 들어 배수지에게 말했다.

배수지는 침을 꿀꺽 삼켰다.

"돌아가야 해요."

"너는 돌아갈 수 없다. 내 제자가 된 이상 모든 비기를 익히기 전까진 나를 따라야 한다. 이미 말하지 않았더냐?"

"그래도 돌아가야 해요."

배수지는 두 눈을 똑바로 뜨고 근육질의 남자, 권왕을 쳐다봤다.

지난 1년이 넘는 시간 동안 배수지는 강제적으로 권왕을 따라다녔다.

하늘 도서관에서 사실상 납치를 당했기 때문이다.

이후 권왕은 무언가를 찾는 듯하였으나 이내 배수지의 재능에 감격하여 그 즉시 제자로 들여 버린 것이다.

권왕은 고개를 저었다.

"네가 우리 '신비문'의 모든 걸 잇는다면 마음대로 해도 된다. 하지만 그 이전의 너에겐 자유가 없다."

"얼마나 걸려요?"

"최소한 8성은 이뤄야 신비문의 문도라 할 수 있다. 내가 10성이고, 초대 문주께서조차 11성에 이른 게 전부였지. 하지만 너라면 12성 대성을 이룰 수 있을 것이다. 지금 속도라면…… 8성까지 10년이면 충분하겠지."

권왕이 뿌듯해하며 말했다.

배수지의 재능은 정말로 놀라운 것이어서 하루하루 가르치는 맛이 났다.

어쩌면 전설의 경지인 12성 대성에 다다를지도 모를 인재.

10년 만에 8성에 이르는 것도 말도 안 되는 일이다.

권왕도 8성에 도달하는데 30년이 걸렸으니까.

"10년이면 너무 늦어요."

"하지만 그것이 우리 신비문의 규율…… 음!"

파아악!

채찍이 날아들었다.

채찍은 강한 전류를 머금고 있었다.

권왕은 인상을 찌푸리며 채찍을 양 손으로 잡은 뒤 그대로 상대를 끌어버렸다.

강한 전류도 권왕의 육체에 흠을 입히진 못했다.

이윽고 나타난 그림자를 보고 권왕이 미소 지었다.

"살수림의 살수로구나."

권왕은 살수림을, 살수림의 주인을 찾고 있었다.

그런데 그쪽에서 이렇게 모습을 나타내 준 것이다.

권왕이 천천히 배수지를 향해 고개를 돌렸다.

"잘 봐두어라. 우리 신비문의 힘을 보여주마."

권왕이 채찍을 바닥에 던지고 자세를 잡았다.

이후 허공에 주먹을 날리자 강렬한 파동이 휘몰아 닥쳤다.

콰콰콰콰쾅!

무영은 하늘을 올려다보았다.

저녁.

하지만 주변엔 작은 풀벌레 소리도 들리지 않았다.

스릉!

무영은 비탄을 꺼냈다.

서걱! 퍼억!

그리고 동굴을 가로막은 석벽을 양단했다.

갈라진 동굴 안으로 들어가자 검은 사제복을 입은 사제들이 무영을 바라봤다.

"적이다!"

"막앗!"

촤악!

한 합에 한 명.

무영은 천천히 나아갔다.

무영의 손속엔 주저함이 없었다.

막는 자 모두를 베어냈다.

어두운 동굴이지만 무영에겐 대낮처럼 밝게 보였다.

'디아블로의 제단.'

지금 무영이 서 있는 곳.

이곳이 제단이다.

워낙 깊은 곳에 숨겨져 있어서 이 위치를 아는 사람은 별로 없다.

본래라면 세 개의 반지를 모아서 이곳에 와야 했지만 지금은 목적이 바뀌었다.

이 끝에 스노우가 있다.

몇 개의 마왕군단을 막아냈던 성녀!

하지만 그것도 과거의 이야기다.

천사의 날개와 악마의 날개를 지닌, 이제는 진정으로 정체불명이 되어버린 여인이 그곳에 있었다.

무영에게 몇 차례 도움을 주었으나 지금은 왜인지 적대적인 장소에 서 있는 여자!

'스노우, 웡 청린과의 관계를 내게 말해야 할 것이다.'

처음엔 궁금했다.

스노우가 어찌하여 무영을 알고 있는지.

무영이 과거로 온 것조차 그녀는 조금이나마 예상하고 있는 듯했다.

하지만 지금은 그보다 다른 것이 궁금하다.

그런 건 이제는 아무래도 좋았다.

웡 청린.

놈은 자신과 인연이 있는 이들을 어떻게 알 수 있었을까.

하물며 이 일이 일어나기 전에 살수들을 내보낸 듯싶었다.

미리 알고 보낼 수 있다면 그 원인은 스노우밖에 없다.

하나 스노우가 진정으로 무영과 좋은 관계를 유지하려 했거든 웡 청린만큼은 제외했어야 옳다.

스노우…… 과거 성녀였으나 지금은 디아블로의 신녀.

분명히 무영의 기억과는 달라진 과거다.

인류를 구원하는 데 힘썼던 그녀가 지금은 정반대편에 있었다. 웡 청린과 무슨 관계일지는 모르겠지만, 과거와는 너무나도 다른 행보였다.

과연 스노우가 무슨 변명을 내놓을지 무영은 궁금하기 짝이 없었다.

신녀는 보았다.

세상의 파멸, 세상의 끝을.

모든 게 암흑이었다. 끝엔 아무것도 없었다.

인류는 진즉에 멸절했으며 그 이후에 벌어진 것은 감히 태초의 폭발과 비견될 정도였다.

그런 미래는 아무도 바라지 않는다.

하지만 신녀는 그 어둠 속에서 작은 빛을 보았다.

그래, 정말로 작은 빛이었다.

하지만 그 빛의 존재가 곧 무영임을 신녀는 깨달을 수 있었다.

문제는 빛이 너무 약했다. 어느 무엇보다 밝았지만, 세계에 도래한 어둠에 비하면 반딧불이 정도의 빛줄기뿐이 되지 않았다.

'빛은 방황하고 있느니.'

무영은 자신의 가치를 모른다.

그저 두루뭉술한 이상만을 가지고 있을 뿐이다.

그래선 안 된다. 세상을 밝히는 빛은 무엇보다 올곧게 뻗어 나가야 하는 법이었다.

신녀가 본 것은 어디까지나 지나간 과거들.

그림자는 신녀의 그 기억과 편린들을 모두 훔쳐보았다. 거기서 무영과 관련된 사실들도 알게 되었다.

'놈은 내 제자 같은 게 아니다, 신녀여.'

그림자가 천장에 올라 제단을 내려다보았다.

신녀는 무릎을 꿇은 채 계속해서 기도하는 중이었다.

놈. 무영은 그림자의 제자 따위가 아니었다.

그도 그럴게 그림자는 존재하지 않는 자다.

누군가의 이면에서 누군가의 욕망에 따라 움직이는 존재였다.

하물며…… 신녀가 보았듯이 무영은 빛나고 있었다.

그림자는 빛을 내지 못한다.

'너도 내가 이럴 것을 은근히 바라지 않았더냐? 너의 기억 속에서, 감정 속에서 나 또한 그것을 느꼈다.'

신녀는 부정하지만 그림자는 안다.

그림자가 시련 자체가 되어 무영에게 '선택'을 강요하길 신녀는 바라고 있었다는 걸.

애당초 그 목적 하나 때문에 그림자와 접촉을 시도했다는 걸!

빛이 올바른 방향으로 나아갈 수 있도록 '촉매'가 되어주길…… 바라고 있다는 것을.

말하자면, 그림자는 무영이 밟고 지나갈 필수적인 중간 과정이었다.

하지만 그림자는 무영을 태양으로 만들 생각이 없었다.

'무영, 너는 빛이지만 또한 나와 같은 그림자의 기질을 가지고 있다.'

오히려 자신과 같은, 더욱 깊은 그림자가 되기를 바랐다.

그래서 먼저 손을 썼다.

다른 그림자들을 무영과 연관 있는 자들에게 보냈다.

신녀는 미래를 봤지만 모든 걸 알지는 못한다.

무영이 자신보다 더욱 깊은 그림자가 될 자질을 갖고 있다는 것도 알지 못했다.

아니, 어쩌면 모르는 척하는 것일지도 모른다.

또한 신녀는 그림자가 질 것이라고 했다. 그러나 그림자는 단순한 무력 싸움을 하려는 생각이 애당초 없었다.

이건 무영이 어둠이 되느냐, 빛이 되느냐의 싸움이었다.

어둠이 된다면 그림자의 승리요, 빛이 된다면 신녀의 승리이다.

무영의 승리?

놈은 어느 쪽을 고르던 승리를 하게 되어 있다.

그야 승리할 수밖에 없을 테지.

놈은 처음부터 무엇이든 될 수 있는 자질을 가지고 있었으니.

'신기하군.'

그림자는 이처럼 감성적이 되어본 기억이 없다. 아마도 신녀의 기억과 감정을 훔쳐보며 함께 동화된 듯싶었다. 거기서 무영을 보고, 무영 자신보다 더 무영을 잘 알게 되었다.

무영의 본명과 지구에서 무영이 무엇을 했는지조차도.

하여 그림자는 궁금했다.

'진실을 맞이한 너는 어떠한 반응을 보일까.'

여태껏 한 번도 경험하지 못한 일.

그림자조차 앞으로 일어날 결과에 매우 흥미가 동했다.

쿠르르릉!

동굴이 흔들렸다.

거대한 거인의 조각상들이 움직이며 무영을 막았다.

"디아블로시여!"

"우리의 육체를 바치나이다!"

사교도들이 '자기희생' 주문을 사용했다.

사교도들의 몸이 녹아내리고 곧 거인들에게 흘러들어갔다.

거인을 움직이는 재료가 된 것이다.

자기희생 주문은 신을 모시는 사람이라면 생에 단 한 번 사용할 수 있는 대마법이다. 가진 능력을 보다 증폭시켜 기적과 가까운 일을 일으킬 수 있었다.

그렇게 자기희생 주문을 사용한 사교도가 일백여가량.

다섯 기의 거인은 초인적인 힘을 얻었다.

쾅! 콰르릉!

거인의 주변으로 강력한 기운이 맴돌았다. 각각 불, 물, 바람, 땅 그리고 금속의 기운을 가지고 있었다.

'블링크.'

무영이 짧은 거리를 순식간에 이동했다.

아이작의 신발에 달린 '블링크' 능력.

눈에 닿는 거리라면 무한정 움직일 수 있었으니 커다란 공격을 막는 데에는 큰 무리가 안 간다.

순간적으로 한 거인의 목 뒤로 이동한 무영이 비탄을 휘둘렀다.

푸욱!

바위가 갈렸다.

하지만 순식간에 재생되었다.

거인 하나당 20명분의 생명이 첨가되어 있는 탓이다.

"쯧!"

무영은 짧게 혀를 찼다.

이곳까지 오면서 벌써 수백 마리의 괴물을 잡았다.

조금씩 피로가 누적되어 가고 있었다.

"적은 혼자다! 거인들을 보조하라!"

어둠의 사제들이 대거 튀어나왔다.

무영은 이맛살을 구겼다.

정면으로 부딪치면 무영도 무사하지만은 못할 터였다.

히히히히힝!

말의 다리가 잘려 나갔다.

"라미엘라!"

라미엘라가 낙마했다.

세라피나는 검을 든 채로 즉시 라미엘라에게 다가갔다.

그녀의 퍼스트 나이트는 진즉에 주검이 되어 있었다.

그림자에 의해 라미엘라를 지키다가 죽은 것이다.

"뮬라란은…… 패해선 안 되어요."

라미엘라가 얼굴이 창백해진 채 되뇌었다.

뮬라란은 긍지다. 그들이 모시는 신은 절대적이다.

악에 패해선 결코 아니 된다.

하지만 지금 눈앞에 있는 '악'들은 신의 힘조차 무력화시켰다. 오히려 콧방귀를 뀌고 그 힘마저 흡수하려 들었다.

이처럼 무력한 적이 없었다. 뮬라란은 정의고 모든 인류의 대변자였거늘.

"물러나야 해요, 라미엘라."

세라피나는 라미엘라를 설득했다. 지금이라도 물러난다면 최소한의 인원이나마 지키는 게 가능하다.

하지만 라미엘라는 고개를 저었다.

바닥을 짚고 자리에서 일어나 다시금 활을 쥐었다.

"더 이상 물러날 곳이 없어요. 여기서 물러나면 저들의 힘은 더욱 강해질 겁니다."

라미엘라는 작정을 한 듯싶었다.

그러나 이미 한 번 밀린 기세는 다시 뒤집기 힘들다.

본 드래곤이 숨결을 내뿜을 때마다 수십의 사제들이 녹았다. 성기사들의 방패와 갑옷도 가볍게 녹아버렸다.

'신이시여……!'

모두가 신을 불렀다.

세라피나도 마찬가지.

하지만 이길 수 없다. 그렇다고 라미엘라를 두고 갈 수도 없었다.

세라피나는 다시 검을 뽑았다. 그리고 그림자들과 본 드래곤을 향해 달려들려고 하는 순간.

쿠와아아앙!

하늘에 거대한 태풍이 일었다.

이어 검은 구가 바닥에 떨어져 블랙홀처럼 모든 걸 집어삼켰다.

신성한 번개가 주변에 꽂히며 수많은 언데드를 태웠다.

'이게 대체?'

갑작스럽게 일어난 일.

세라피나는 고개를 들었다.

곧 두 마리의 말을 볼 수 있었다.

지옥마와 유니콘!

그 외의 다른 언데드들이 함께하고 있었다.

'언데드가 언데드를 공격하다니…….'

처음 보는 상황에 세라피나는 어안이 벙벙해졌다.

그 상황에서 누군가가 바닥을 뚫고 튀어나왔다.

"걱정 마십시오. 저희들은 무영 님의 종입니다."

"……리치!"

세라피나가 한 발 물러났다.

강력한 악의 기운이 눈앞의 남자에게서 흘러나오고 있었다.

하지만 그와 비슷한 정도의 신성한 힘도 느껴졌다.

"저희들은 무영 님의 종입니다."

남자가 다시금 말했다.

그제야 세라피나가 눈을 크게 떴다.

가엘은 지어낸 가명이다. 천사의 이름은 무영이었다.

세라피나는 그를 알고 있었다.

"부디 마음 놓으시길."

남자, 배승민이 지팡이를 들었다.

쾅! 쾅! 쾅!

지팡이를 한 차례 내리 꽂자 주변 곳곳에서 폭발이 일어났다. 이어 나머지 손을 쓸자 주변의 쓰러진 사람들이 치유되기 시작했다.

적 언데드들은 배승민의 신성력을 흡수하지 못했다.

그것을 본 세라피나는 전율했다.
여태까진 예언에 대해 반신반의했다.
‘검은 날개를 지닌 자가 세계를 파멸시킨다.’
그 뒤에 한 가지 더 덧붙여져 있었다.
‘하얀 날개를 지닌 자가 자신의 종들과 함께 세상을 구원하리라.’

카앙!
목을 꿰뚫으려던 검이 막혔다.
“제때에 맞춰왔군.”
김태환은 감았던 눈을 떴다.
뼈로 이루어진 검사와 망토를 뒤집어쓴 뱀파이어가 나란히 하고 있었다.
바로 타칸과 칼라였다.
그들은 그림자의 공격을 막아내고 자신들만의 이야기를 시작했다.
“텔레포트?”
“흉내를 낸 것뿐이다. 네 마력이 아니었다면 이 정도 거리를 움직이긴 힘들었어.”
타칸은 어깨를 으쓱했다. 될지 안 될지 확신이 없었는데 결과를 보니 잘된 것 같았다.
“단순히 검술만 훔치는 게 아니었단 말이냐? 도둑놈이 따로 없구나."

"아무래도 무영 놈이 나를 만들며 더욱 기능이 추가된 것 같다. 하여간 도둑놈이라니 듣기 썩 좋은 말은 아니야."

칼라가 혀를 찼다.

타칸은 눈으로 본 대부분의 스킬을 훔칠 수 있었다. 알렉산드로 퀸타르트가 사용한 텔레포트 역시 마찬가지였다.

반대로 무영의 가속이나 결을 읽는 것만은 어찌할 도리가 없었지만.

타칸이 칼라에게 작게 말했다.

"그리고 이건 비밀이다. 그놈을 이기기 위한 비장의 한 수란 말이다."

그놈이란 무영이었다.

타칸의 목표는 어느덧 무영이 되어 있었다.

"마음대로 해라. 그런데…… 굉장히 불길한 놈이로군."

칼라가 고개를 돌려 그림자를 바라봤다.

그림자는 어느덧 자세를 잡고 공격의 준비를 끝내놓았다.

무영의 마력이 가장 강하게 얽혀 있는 곳으로 텔레포트를 사용했더니 지금의 상황에 놓여 있었다.

타칸이 슬쩍 김태환을 내려다봤다.

"빨리 끝내지. 곧 죽을 것 같은데."

"죽으면 데려가서 언데드로 만들면 되는 거 아닌가?"

"무영은 이 녀석이 살아 있기를 바란다."

"그가?"

칼라가 의외라는 듯이 말했다.

죽음을 다루는 무영이 어찌하여 생자를 더욱 원한단 말인가?

타칸은 고개를 저었다.

"무영은 온기를 바란다."

그것이 타칸이 내린 결론이었다.

동굴을 뚫었다.

막는 적이 있으면 가차 없이 베었다.

'도와줄까?'

무영의 내면에 존재하는 루키페르가 속삭였다. 여태껏 조용하던 루키페르가 처음으로 제안을 해온 것이다.

'나 혼자 하겠다.'

하지만 무영은 고개를 저었다.

비탄은 더욱 많은 피를 머금었다.

그러자 루키페르가 비웃음을 흘렸다.

자신의 도움 없이 이 동굴의 끝까지 가는 건 너무나도 어리석은 일이었다.

무영도 그 사실을 익히 알았다.

하지만 무영은 결코 포기하는 일이 없었다.

결국 제단의 끝에 도달했을 때, 루키페르는 비웃음을 멈출 수밖에 없었다.

제단의 끝.

그곳에 한 여인이 무릎 꿇은 채 기도를 올리고 있었다.

하얀 날개와 검은 날개가 공존한다.

무영은 전신이 만신창이가 된 채로 그 모습을 바라보았다.

"드디어 오셨군요."

신녀가 천천히 자리에서 일어났다.

그녀의 얼굴은 무영의 기억과 별 다를 바가 없었다.

차이가 있다면 조금 더 성숙해 보인다고 해야 할까.

"스노우……."

신녀가 처연하게 웃었다.

"그대는 모든 시련을 돌파했습니다. 결국 올바른 길을 택했지요. 동료들을 구하고, 이 험지까지 오는 것을 마다하지 않았습니다."

"모두 계획했단 말이냐?"

"부디 노여움을 가라앉히십시오. 모두 그대를 위해서였습니다. 또한, 그대는 알아야 합니다. 앞으로 일어날 미래에 대해서."

"미래라……."

무영은 웃었다.

이로써 확실해졌다.

그녀는 미래를 봤다. 어쩌면 무영처럼 돌아온 것일지도 모른다. 그리고 무영보다 더 많은 것을 알고 있다.

"세상은 멸망했습니다. 72마신과 다른 가짜 신들에 의해서. 마계엔 천사도, 진정한 신도 존재하지 않습니다. 모두 알면서 외면한 사실 아닙니까? 뮬라란의 사제들이 사용하는 신성력도 진정한 신의 힘이 아니지요."

신녀가 손을 뻗었다.

곧 주변의 모든 게 바뀌며 파멸하는 미래를 비춰주었다.

모든 우주가 사라졌다.

극한의 어둠뿐이 존재하지 않는 세계.

"저는 보았습니다. 그대도 어느 정도는 보았을 겁니다. 우리는 같은 '꿈'을 꾸었으니까요."

"꿈?"

"예, 당신은 저와 같은 조금 긴 꿈을 꾼 것뿐입니다."

무영이 겪은 과거를 스노우는 '꿈'으로 치부하고 있었다.

하지만 무영은 그것을 결코 꿈으로 치부하지 않았다.

지독한 현실이었다.

피하고 싶어도 피해갈 수 없는.

그런데 꿈이라고 한다.

무영은 과거의 스노우를 생각했다.

모든 게 베일 속에 있었다.

하지만 스노우는 무영의 암살 대상이었다.

때문에 무영은 스노우를 누구보다 가까이에서 보았다.

과거의 그녀는 지극히 현실적이며 헌신적이었다.

마지막까지 한 명이라도 돕고자 움직이던 게 스노우였다.
무영은 여기까지 오면서 계속 든 의문이 있었다.
"하지만 그대도 이제는 알았을 겁니다. 결국 모두를 구원할 순 없습니다. 그대가 아무리 움직여 봤자 한계가 있어요. 제가 그대를 돕는다면 그대는 더욱 환한 빛으로 타오를 수 있을 겁니다."
인류를 위해 헌신했던 그녀가 악에 손을 뻗었다.
자신이 구했던 모든 과거마저 꿈으로 치부하고 전혀 다른 길을 걸으려고 한다.
모두를 구원할 수 없다고?
눈앞에 신녀를 마주하니 이제는 알겠다.
"넌 진짜 스노우가 아니로군."
스릉!
무영은 비탄을 뽑았다.
눈앞의 스노우는 무영의 기억과 같은 외견을 하고 있었다.
하지만 그뿐이다. 내용이 완전 다르다.
단순히 과거와는 주장이 달라졌기에 가짜라고 주장하는 게 아니다.
무영은 진심으로, 눈앞의 인물이 스노우가 '아니'라고 생각했다.
그러자 스노우의 얼굴이 굳었다.
"그대는 더욱 강한 빛이 될 수 있어요. 우리는 같은 꿈을 꾸지 않았습니까? 다시금 과거를 되풀이할 셈인가요?"

과거를 되풀이한다.

인류가 다시 한번 멸망한다.

마신들은 득세하고 무영마저 죽음을 되풀이라 한다면 당연히 무영은 그 과거를 바꿀 셈이었다.

하지만…….

"나는 빛이 아니다. 또한 꿈도 아니다."

"진정한 자신을 알고 싶지 않으신가요? 마계에 오기 전의 그대를 말이에요."

뚝!

발걸음을 옮기던 무영이 잠시 멈춰 섰다.

마계에 오기 전 자신이라.

확실히 지금 사용하고 있는 무영이란 이름도 본명은 아니다. 마계에 오기 전의 기억도 전혀 없었다.

궁금하지 않다면 거짓말이리라.

그럼에도 무영은 고개를 저었다.

"알고 싶지 않다."

지금이 중요했다.

살수림을 지우고 과거로 돌아왔을 때부터 해왔던 다짐.

무영이란 이름이면 족하다. 다른 건 필요 없었다. 진정한 자신은 지금부터 만들어 가면 된다. 그리고 현재 무영은 자신의 '고유성'을 분명히 띠고 있는 중이었다.

이 세상에 존재하는 오로지 하나.

다른 무엇도 무영을 대체할 순 없었다.

스노우의 표정이 미묘하게 바뀌었다.

웃는 것도, 우는 것도, 그렇다고 굳은 것도 아닌 얼굴.

"그대는 무엇을 바라는 건가요? 정말 그림자가 되길 바라시나요?"

"왜 나의 정체성을 네가 재단하려 하는 거지?"

"저는 당신의 모든 걸 봤으니까요. 그러니까 알 수 있어요."

무영은 피식 웃었다.

답답함의 이유를 알았다.

자칭 스노우는 확실히 무영을 무영보다 더 잘 알지도 모른다.

그러나 그것은 어디까지나 '겉'에 한하는 이야기다.

스노우는 무영이 어떠한 마음으로 하루하루를 살아가는지 모른다.

얼마나 필사적이고, 얼마나 절박한지 모른다.

숨을 쉬는 것조차 괴로울 때가 많다. 눈을 감으면 덮쳐 오는 과거의 편린들이 무영을 괴롭혔다.

그러나 무영은 결코 내색하는 일이 없었다.

말마따나 과거는 중요하다.

현재의 무영을 만든 것이 과거이므로, 그를 부정하진 못하겠지.

하지만 뒤만 보다가 앞으로 나아가는 걸 잊어버리는 우를 범할 순 없었다. 그래서 무영은 항상 앞만을 보고 있다.

뒤에서 과거가 어깨를 잡아도 애써 모른 척하며 그저 달리는 데에만 집중하고 있었다.

"너는 모른다."

이것을, 스노우는 모른다.

하지만 굳이 한 가지 정체성을 정할 것이라면 무영도 마음에 드는 단어가 하나 있었다.

"나는 빛도 어둠도 되지 않을 것이다."

선도, 악도 아닌 무영만의 정의.

"그럼……?"

스노우가 몸을 부르르 떨었다.

빛도 어둠도 아닌 게 존재할 수 있단 말인가?

세계는 그 둘에서 태어났다. 당연히 그 둘에 기초하는 게 기본이다.

하나 무영이 낸 대답은 조금 달랐다.

"절대자."

화아아악!

날개가 돋아났다.

무영은 총 세 쌍의 날개를 지니고 있었다.

위에서부터 하얀, 회색, 검은색의 날개를.

그리고 지금 그 세 쌍의 날개가 조화되기 시작했다.

이윽고 세 쌍의 날개가 전부 회색으로 물들었다.

타락이되 타락이 아니다.

무영은 자신만의 '정의'를 새로 세웠을 따름이다.

가브리엘의 권능으로 말미암아 무영은 결코 타락하지 않는다.

날개를 본 스노우가 경악하며 외쳤다.

"제발! 그대가 가고자 하는 길은 혼돈입니다! 그 끝엔 아무것도 없으며, 아무것도 나타날 수 없습니다!"

"미래를 보았다고 했나?"

뚜벅. 뚜벅.

무영은 걸었다.

지금 자신이 가고자 하는 길이 혼돈이라면 그 말도 틀린 말은 아닐 테다.

하지만 저 확신에 찬 말투가 마음에 들지 않았다.

미래는 바뀐다. 정해지지 않은 것이다.

하여 무영은 문제를 하나 내보았다.

"3초 뒤 너의 모습은 어떻지?"

"잠……!"

스삭!

무영의 몸이 사라졌다.

이어 무영이 나타난 곳은 스노우의 바로 위였다.

스노우가 미처 반응하기도 전에 무영의 비탄이 정수리를

갈랐다.

그야말로 순식간에 일어난 일.

무영이 바닥에 착지했을 때, 스노우는 마치 장작이 쪼개지듯 전신을 둘로 나뉘었다.

툭!

3초도 필요 없었다.

스노우가 바닥에 쓰러짐과 동시에 무영은 비탄을 한 차례 털었다.

'죽음의 기운.'

하지만 곧이어 무영은 인상을 구길 수밖에 없었다.

엄청난 죽음의 기운이 스노우의 시체 쪽에서 느껴진 탓이다.

스아아아아!

스노우의 시체에서 검은 연기가 피어올랐다.

피는 바닥으로 스며들어 육망성의 문양을 만들었다.

쩌적! 쩌저적!

천장에 금이 가기 시작했다.

동굴이 무너지려는 조짐.

그러나 무영은 제단 쪽에 집중하고 있었다.

'이게 너의 대답인가?'

크르르르르. 크롸아아아악!

바닥이 흔들렸다. 곳곳에 균열이 생겼다.

육망성은 마신의 증표와 같다. 그리고 저러한 육망성을 무영은 몇 차례 본 적이 있었다.

'다윗의 별.'

마신들이 소환될 때 나오는 표식.

푸른 사원에서 그레모리의 사원에 들어갔을 때 저 표식이 있었다.

스노우는 자신의 존재 자체를 매개로 던져서 아주 위험하기 짝이 없는 존재를 불러들인 것이다.

족히 10m는 넘어 보이는 동체.

붉은 피부와 거대한 산양의 뿔.

언뜻 드래곤과도 닮았으나 감히 궤를 달리한다.

두 발로 서서 괴성을 내지르자 지옥보다 뜨거운 불길이 곳곳에 치솟아 올랐다.

무영은 저 존재를 알 것 같았다.

'디아블로.'

73번째 마신이 탄생했다.

지면이 붕괴한다.

하늘이 붉게 물들자 마치 세상의 종말을 노래하는 것만 같다.

72좌의 모든 마신이 격렬한 혼의 파동을 느꼈다.

새로운 마신의 출현을 알았다.

동시에 디아블로가 얼마나 파멸적인 마신인지도 알 수 있었다.

마치 물과 기름처럼 섞일 수 없다는 걸.

디아블로는 모든 걸 파괴할 것이었다. 그 과정에서 당연히 다른 마신들과도 부딪힐 수밖에 없었다.

바알(baal).

제1좌의 마신인 그는 거대한 신좌에 앉아 그곳을 처음으로 '보았다'.

툭.

손가락으로 신좌를 두드리자 검은 번개가 튀어 나가 디아블로를 강타했다.

콰르르릉!

검은 번개는 그 지름이 산을 뒤덮을 정도였으니 직격으로 맞은 디아블로도 휘청거릴 수밖에 없었다.

하지만 멀쩡하다.

툭. 툭.

바알이 신좌를 두 번 두드렸다.

그러자 세상을 덮을 것만 같은 해일이 몰아닥쳤다.

해일은 디아블로를 삼켰다. 그 주변의 모든 걸 깔끔하게 먹어치웠다.

크아아아아앙!

하지만 디아블로는 해일마저 뚫고 나왔다.

상공에 올라 붉은색의 날개를 폈다.

그 순간 하늘이 더욱 붉게 물들었다.

콰르르르르르르릉!

곧 주변으로 수많은 불덩이가 빗물처럼 주변에 쏟아졌다.

모든 게 불탔으며 그 불꽃은 바알의 눈마저 어지럽혔다.

지옥불조차 상대가 안 된다.

디아블로의 불꽃은 지극히 순수한 근원과도 같았다.

이윽고 바알이 신좌를 세 번 두드리려 할 때, 디아블로는 연기처럼 홀연히 그 자리에서 사라졌다.

"……."

바알은 눈을 감았다.

아무런 일도 없었다는 듯이.

고작해야 10분 남짓의 시간.

산만 한 크기의 검은 번개에 이어, 세상을 덮어버릴 것만 같던 해일도 디아블로의 불꽃에 의해 모두 증발했다.

남은 건 무한히 불타고 있는 대지뿐.

무영은 잔해를 치우며 일어났다.

'바알.'

73번째 마신인 디아블로를 공격한 게 바알이라는 걸 무영은 알아챌 수 있었다.

이만한 공격을 보이지 않는 곳에서 할 수 있는 건 그밖에 없었다.

어느 누구도 바알을 본 적이 없지만 그의 공격은 감히 '기상천외'라는 말이 어울릴 정도였다. 대도시 하나가 한 번의 공격으로 밀려 버린 적이 있을 수준이었으니.

'바알이 디아블로를 공격했다.'

무영은 그 사실에 주목했다.

72좌의 진정한 왕이라 칭할 수 있는 바알이 움직였다. 그만큼 디아블로의 출현이 그의 심기를 거슬렀다는 뜻일 테다.

나타난 즉시 알아차리고 공격을 해온 걸 보면 말이다.

'이독제독.'

문득 그 말이 떠올랐다.

독을 독으로 제압하는 방법.

72좌의 마신들을 견제하고자 초강수를 둔 것이다.

그러나 잠시나마 디아블로를 겪어본 무영은 고개를 내저을 수밖에 없었다.

디아블로가 마신들을 견제할 수 있다고 하더라도 결국 디아블로 역시 파괴만을 일삼는 존재다.

이 세상을 자신의 불로 물들이려 하는 의지를 느낄 수 있었다.

'극단적이로군.'

무영은 주변을 살폈다.

마신이 출현한 장소엔 육망성이 남는다.

다윗의 별이라 불리며 마신과 관련된 시련 또한 남긴다.

제단의 아래로 향하는 계단이 무영의 눈에 들어왔다.

그곳에 빛이 어렸다.

정확히 스노우의 시체가 있던 장소에서 검은빛이 모두 새어 나가고 마지막에 남은 작은 빛이 계단 쪽으로 흘러들어간 것이다.

뾰롱! 뾰로롱!

무영의 머리카락 속에 숨어 있던 아름과 요람의 정령이 반응했다. 아름과 요람의 정령은 무영이 계단을 내려가길 바라고 있었다.

'저기에 무언가가 있다는 말이냐?'

세상은 불길에 잠식당했다.

디아블로의 불길은 그저 옆에 있는 것만으로도 피부를 타게 만들었다.

과연 저 안에 무엇이 있을지 모르겠지만…….

무영은 천천히 발길을 옮겼다.

제단의 밑으로 통하는 계단을 계속해서 내려가자 또 다른 커다란 사원이 나왔다.

미리 만들어 둔 듯 그 모습은 웅장하기 짝이 없었다.

디아블로의 조각상이 곳곳에 세워져 있었다.

"흡!"

그 순간 무영은 몸을 팽이처럼 돌렸다.

등 뒤에서 누군가가 무영을 노리고 암습을 시도했기 때문이다.

목덜미가 서늘했다. 하마터면 목이 그대로 날아갈 뻔했다.

0.1초의 차이조차 나지 않았다.

급히 비탄을 빼어 든 채 물러나 상대를 바라봤다.

"디아블로는 근원의 불꽃을 가졌으니 보상 역시 상상을 초월할 것이다. 탐나지 않느냐?"

암습을 행한 상대가 태평하게 말했다.

하지만 상대를 보자마자 무영은 작게 전율했다.

그 상태 그대로 내달렸다.

"웡 청린……!"

문답무용!

둘 사이에 말은 필요 없다.

그림자가, 웡 청린이 나타났다.

무영의 기억 속 그대로의 모습으로.

어찌 얌전히 대화를 나눌 수 있겠는가!

그야말로 원수를 외나무다리에서 만난 꼴이다.

무영은 이 순간을 기다리고 또 기다렸다.

무영이 출수하자 웡 청린이 막아섰다.

하지만 그는 맨손이었다.

대신 손이 하얗게 빛나고 있었다.

'소수공.'

손을 무엇보다 단단하게 연공하는 기술이다. 대성하면 저처럼 하얗게 빛난다.

무영도 과거엔 익혔으나 대성을 이루진 못했다.

씨익!

웡 청린이 이를 드러내며 웃었다.

쩌엉! 쩌어엉!

격렬하기 짝이 없는 부딪힘이었다.

무영의 검이 아슬아슬하게 웡 청린의 옷깃을 베었다.

웡 청린이 입은 검은색의 장포가 위태롭게 흔들렸다.

"과연……! 내 공격 따윈 훤히 보인다는 거냐?"

웡 청린은 작게 감탄하며 무영을 훑었다.

무영의 공격은 매섭기 그지없었다. 뿔이 돋아나자 옷깃이 아니라 피부가 베이기 시작한 것이다.

웡 청린의 움직임을 무영은 전부 꿰고 있었다.

당연한 일이다.

수십 년간 보아왔는데 모를 수가 없다. 게다가 지금 무영의 능력은 과거를 약간이나마 상회하고 있었다.

과거의 상태로도 웡 청린을 죽였는데 지금이라고 못 죽일까?

촤악!

웡 청린의 팔 하나가 허공을 날았다.

44장
오롯이 존재하다

무영은 뿔을 세 개까지 세웠다.

8배속의 세상에서 웡 청린의 움직임이 훤히 보인다.

어지간한 인류 10강 정도는 세 개의 뿔만으로도 충분할 것이었다.

웡 청린은 여전히 웃고 있었다.

팔이 하나 날아갔음에도 전혀 불안해하는 기색이 없었다.

과거와는 전혀 다른 얼굴.

무영이 막 살수림을 지웠던 그 시간…… 웡 청린은 왜 40년간 함께한 곳을 지우냐며 열을 올렸다.

하지만 정작 자신의 목숨이 걸린 일에는 무덤덤했다.

"기뻐해라. 내가 보낸 그림자 중 대부분이 죽었다. 네가 이겼고 나는 졌다."

그래. 바로 저 태도다.

무영이 계속해서 걸려 하는 이유가.

'다르다.'

이상한 일이었다.

무영이 아는 웡 청린의 모습과 지금의 모습이 겹치지 않았다.

스노우를 만나서라고 하기엔 석연찮은 부분이었다.

본성이란 변하기 쉽지 않은 것이므로.

그래서 스노우를 '가짜'라고 생각했다면 눈앞의 웡 청린은 진짜가 맞았다.

하나 그는 자신의 패배를 일찌감치 알고 있는 듯싶었다.

체념이라도 한 것일까?

"당황스러운 모양이군. 네 기억 속과 지금의 내가 달라서."

무영은 답하지 않았다.

무저갱과 같은 눈빛으로 웡 청린을 바라볼 뿐이었다.

퍽!

웡 청린은 떨어진 한쪽 팔을 스스로 밟았다.

그러곤 무영을 향해 말했다.

"그거 아느냐? 내 이름은 웡 청린이 아니다."

무영의 눈썹이 일순 꿈틀거렸다.

웡 청린. 무영이 기억하는 그의 이름이었다.

사실상 마계에서 그의 본명을 아는 어쩌면 유일한 사람이 무영일지도 몰랐다.

한데, 당사자가 아니라고 한다.

무영은 고개를 저었다.

"너는 웡 청린이 맞다."

"그 확신의 근거가 어디 있지? 네가 겪었다는 과거?"

무영은 우연찮게 웡 청린의 이름을 알아냈다.

하지만 어떻게 알아냈는지는 기억이 나지 않았다.

"솔로몬의 전당에도 네 이름이 있었다."

웡 청린이 피식 웃었다.

"멍청한. 솔로몬의 전당은 네가 인지한 이름만을 보여줄 따름이다. 확신하건대 너의 진짜 이름 역시 나오지 않았을 것이다. 그렇지 않느냐?"

무영.

솔로몬의 전당에 나온 이름은 단 두 글자가 전부였다.

하지만 그조차 무영은 남긴 적이 없었다.

전부 무명(No-name)으로 되어 있을 뿐.

"이런 생각해 본 적 없느냐? 정말 과거로 돌아온 게 맞을까? 어쩌면 다른 사람의 인생을 자신의 것처럼 여기고 있는 게 아닐까?"

"그게 무슨 뜻이지?"

"살수림엔 나보다 강한 살수가 단 한 명 있다. 0번. 내가 '무영'이라 이름 지었지."

0번?

살수림에 0번은 없다. 있다면 무영이 웡 청린을 지우고 스스로 0번이 된 게 전부.

대살수는 1번에서 10번까지 존재했다.

스으윽.

어느새 웡 청린의 옆으로 다가온 복면의 남자.

그가 천천히 복면을 벗었다.

"그리고 네가 착용하고 있는 그 상태창 시계…… 그게 바로 이 아이의 것이다. 상태창 시계의 밑 부분을 보면 진짜 이름이 적혀 있을 것이다. 네가 인지하지 못한 무영의 진짜 이름이 말이다."

드러난 남자의 얼굴은 전혀 생소한 것이었다.

하지만 왜인지 익숙했다.

무영은 뿔을 집어넣은 뒤 상태창 시계를 잠시 뺐다.

그리고 시계의 뒷부분을 확인했다.

"……!"

Howl.

무영의 동공이 크게 흔들렸다.

있을 수 없는 일.

푸른 사원에 떨어졌을 때, 상태창 시계는 새로운 것을 받는 게 정석이다.

하지만 왜인지 무영의 상태창 시계 뒷면에 이름이 적혀 있었다.

그러고 보니 푸른 사원에서 처음 눈을 뜬 것도 남들보다 일렀던 것으로 기억한다.

무영의 흔들림을 웡 칭린도 알았다.

웡 칭린이 무영을 똑바로 바라보며 말했다.

"그래서 묻고 싶다."

툭.

한 발자국, 그가 다가왔다.

그는 처음부터 무력으로 무영을 이길 생각이 없었다.

무영이 그의 제자가 될 수 없었던 이유.

또한 무영이 흔들리리라 확신한 진실.

스노우는 밝히지 말기를 부탁했지만 웡 칭린은 그럴 생각이 없었다.

웡 칭린.

아니, 이제는 그저 그림자인 그가 물었다.

"네놈은 누구냐?"

지령을 받고 누군가를 암살했다.

생면부지. 전혀 모르는 사람의 목숨을 장난처럼 빼앗았다. 그렇게 죽인 대상의 상태창 시계를 모았다. 상태창 시계에 적혀 있는 이들의 인생을 엿보았다. 그리하여 무영은 자신의 자아를 지킬 수 있었다.

지켰다고 생각했다.

'크하하! 도플갱어와 다를 바 없구나.'

루키페르가 비웃었다.

진심으로 배가 아파서 버티지 못할 지경이었다.

남의 인생을 가져오는 도플갱어와 무영의 상태가 다르지 않았던 탓이다.

'넌 누구라도 될 수 있다.'

'넌 누구도 될 수 없다.'

그것이 도플갱어의 운명이었다.

누구라도 될 수 있지만 단 하나의 고유성은 지니지 못하는.

과거가 모두 거짓이라면 무영은 자신의 본질에 대해 다시 생각할 수밖에 없었다.

'나는 누구인가.'

철학적인 물음 같은 게 아니다.

무영은 그저 진심으로 자신의 모습에 대해 생각했다.

웡 청린이 말하는 말들이 진실이라면 여태껏 무엇을 위해 달려왔단 말인가.

어쩌면 무영이 자신의 '고유성'의 획득을 위해 발악하는 것도 이와 관련이 있을지 모른다.

그 순간 무영의 몸이 어둠에 잠기기 시작했다.

“너는 무엇보다 깊은 그림자가 될 수 있다. 아무도 너를 모르고, 너 자신조차 너를 모르기에!”

웡 청린의 눈을 부릅떴다.

무엇이든 될 수 있을 테지만 그중에 가장 어울리는 건 그림자였다.

그림자 또한 다른 이들의 모방에 지나지 않으니까.

어찌 보면 가장 무영의 상태를 잘 반영해 주는 게 그림자라 할 수 있었다.

“너라면 전무후무한 그림자가 될 수 있을 테지. 그리하면 이 세상의 ‘욕망’에 대해 깨달을 수 있을 것이다. 세계의 소리를 들으면 너도 나와 같은 길을 걷게 되리라.”

세계의 소리.

그것은 온갖 욕망의 집합체다.

웡 청린은 세계의 욕망에 따라 살수림을 만들고 사람들을 죽였다.

그 모든 건 웡 청린의 뜻이 아니었다.

오로지 세계의 뜻이었다.

무영 역시 그림자가 되거든 같은 길을 걷게 되리라.

웡 청린은 기대하고 있었다.

전무후무한 그림자의 탄생!

그를 위해서라면 자신의 목숨 따윈 전혀 아깝지 않았다. 그림자만 끌어낼 수 있다면 재물로 바쳐도 좋았다.

'내가 이겼다.'

웡 청린의 미소가 더욱 짙어졌다.

스노우는 패배했으나 웡 청린은 이겼다.

빛?

그야 빛이 될 수도 있을 테지만 태생적으로 어울리지 않는다.

스노우는 정말 꿈을 꾼 것이다.

꿈은 깨기 위해 존재하는 것이었다.

애당초 누군가를 설득하고자 시련을 준비한다는 것 자체가 말이 안 되는 일이다.

스노우의 생각은 너무나도 일방적이었다.

반면 웡 청린은 지극히 현실에 기반하고 있었다.

웡 청린이 처음부터 노렸던 목표는 '그림자 만들기'였으니.

무영의 몸이 곧이어 완연한 어둠에 휩싸였다.

다섯 개의 뿔이 돋아났다.

본래는 최대 네 개까지 가능했었지만 하나가 더 추가된 것이다. 그리고 뿔은 곧 하나로 합쳐졌다.

거대한 뿔 하나만이 무영의 이마에 남았다.

또한 검은색 아지랑이가 무영의 눈동자마저 덮고 있었다.

주변에 흩뿌리는 압도적인 존재감!

검은 기류가 주변 모든 공간을 지배했다.

'바로 저 모습이다! 진정한 그림자의 모습이!'

웡 청린은 전율했다.

그야말로 절정을 맞이하고 있었다.

모든 계획의 화룡정점.

자신은 그저 그림자였다면 저야말로 그림자의 왕이라 할 수 있었다.

좌아악!

순간 무영이 움직였다.

눈 깜빡할 사이에 웡 청린의 목을 앗아갔다. 그리고 옆에 있던 0번의 목숨도 파리처럼 앗아갔다.

좌악! 서걱!

검이 쉬지 않았다. 그러다가 무영은 양손으로 두 시체를 찢어발겼다.

둘은 사람의 형태조차 유지할 수가 없었다.

그저 고깃덩어리.

사람이었던 고깃덩어리가 되었을 따름이다.

"……."

전신에 피 칠을 한 무영은 조용히 디아블로의 시련을 향해 걸어가기 시작했다.

세상이 물에 잠겼다.

이윽고 모든 물이 증발하며 세상이 다시 불에 잠겼다.

"으윽……."

세라피나가 자리에서 일어났다.

주변을 둘러보자 대부분의 사람이 죽어 있었다.

그만한 일을 겪고 살아 있다는 것 자체가 천운이었다.

마지막에 배승민이 구해주지 않았다면 꼼짝없이 자신도 죽었을 것이다.

'대체 무슨 일이 벌어진 거지?'

갑작스럽게 벌어진 일.

자리에서 완전히 일어나자 살아남은 몇몇 이가 함께 정신을 차렸다.

다행히 그중엔 레미엘라도 있었다.

"무슨 일이 벌어진 거죠?"

세라피나가 안도의 한숨을 쉬며 물었다.

배승민이 지팡이를 쥔 채 심각한 표정을 짓고 있었다.

"주인님과의 모든 선이 끊겼습니다."

세라피나가 작게 말했다.

"주인님이라면 무영 님을 말하는 건가요?"

"예, 주인님께선 저희로 말미암아 세라피나 님을 지키라 하셨지요. 그리고 홀로 제단을 향해 나아가셨습니다."

"그, 그런 일이……!"

세라피나가 눈을 동그랗게 떴다.

갑자기 없어졌을 때 무슨 일이었나 싶었지만 홀로 적진을 향해 걸어간 것이었다.

"지금 일어난 일련의 일들도 주인님과 연관이 있을 겁니다. 그런데 갑자기 신호가 끊겼습니다."

아무런 말없이 간 것은 서운하지만 그를 책망할 수도 없었다. 방금 전에 일어난 그 세기의 폭발과 같았던 것들도 무영과 관계가 있다고 하니 조금은 이해가 되었다.

그 와중에 세라피나를 구하고자 자신의 종자들을 움직였다.

감동하지 않을 수 없었다.

하지만, 무영과의 선이 끊겼다니 불안하기도 했다.

"그, 그럼 빨리 찾아봐야 하는 거 아닌가요?"

"제 동료들이 이미 찾고 있습니다. 하지만……."

배승민이 고개를 절레절레 저었다.

순간 세라피나의 심장이 빠르게 뛰었다.

무영의 빈자리는 생각도 해본 적이 없다.

적어도 세라피나의 안에서 그는 천사였고 진정한 강자였다.

신을 죽이는 창을 얻어 마신들을 견제할 정의.

또한 세라피나의 마음을 울린 남자이기도 하였다.

그런데 그가 없어지다니.

배승민은 씁쓸하게 다음 말을 내뱉었다.

"제단이 사라졌습니다."

꿈틀!

거룩한 천이 움직였다.

세라피나의 명령에 따라 거룩한 천을 옮기던 성기사들이 고개를 갸웃했다.

"이거 움직이는데?"

"절대로 벗겨선 안 된다고 했잖아. 빨리 가지."

하지만 그뿐이었다.

세라피나의 명령은 절대적이었고 하물며 이건 성황에게 보내는 물건이었다.

성기사들이 마음대로 처리할 수 없는 물건이었다.

꿈틀! 꿈틀!

그러나 시간이 지날수록 천의 요동이 심해졌다.

"왜 이래?"

"자, 잠깐, 천이……."

이윽고 뮬라란을 목전에 두었을 때 천이 완전히 벗겨졌다.

천속에서 아리따운 소녀가 모습을 드러냈다.

소녀와 여인의 경계에 서 있는, 그녀의 이름은 히아신스였다.

히아신스를 본 성기사들의 눈이 풀렸다.

몸을 떨며 다리를 저었다.

정신을 못 차리고 있었다.

'갖고 싶다.'

만지고 싶다. 저 소녀의 육체를!

툭!

히아신스가 성기사들의 볼을 한 차례씩 건드렸다.

"아아……!"

그러자 자리에 드러눕더니 쉴 새 없이 몸을 떨어댔다.

끊임없이 발작하며 정기를 빗물처럼 흘려대고 있었다.

남자라면, 심지어 여자조차 히아신스의 손길을 버텨낼 순 없다.

히아신스는 다시금 거룩한 천으로 눈을 돌렸다.

거룩한 천을 만지자 아름다운 하얀색의 원피스가 완성되었다.

"우리는 준비해야 합니다. 그리고 진정한 그분을 맞이해야 합니다."

작게 중얼거린 히아신스가 고개를 돌려 뮬라란을 바라봤다.

뮬라란.

가장 큰 신성 도시이며 인류를 지탱하는 장소.

모든 집단은 크건 작건 뮬라란과 연결되어 있다.

말하자면 인류의 중심지와 같았다.

히아신스의 눈에 뮬라란은 마치 보석처럼 보였다.

‘저 보석을 바쳐야 해.’

도플갱어에 의해 흡수되었다가 알렉산드로의 도움으로 도플갱어의 잔재 속에서 히아신스는 부활했다.

여파로 기억을 잃고 전혀 다른 힘을 갖춘 존재가 되었으나 지금 이 순간 마치 명령어처럼 머릿속을 가득 채운 것들이 있었다.

‘세상이 혼돈으로 가득 차고.’

‘그분께서 홀로 자리에 오르신다.’

‘그분을 맞이할 준비를 하라.’

그분이 누구인지는 히아신스도 모른다. 하지만 떠올리려 할수록 굉장히 그립고 아련한 기분이 들었다.

더불어서 처음으로 겪는 ‘공포’도 각인되어 있었다.

이 공포는 히아신스가 아닌 도플갱어에게 새겨진 것이었다. 언뜻 무감정하고 차갑기 그지없는 눈동자가 떠오르긴 하였다.

공포스러우며 아련한 존재가 홀로 자리에 오른다.

진정한 자신을 깨우치고 무한한 가능성을 획득하여 다시금 세상에 나타날 것이다.

히아신스가 유일하게 따라야 할 자.

지금은 기다리는 단계다.

하지만 언제고 그가 자신을 맞이하러 올 것이라고 믿어 의심치 않았다.

그리고 그러기 위해선 히아신스도 '선물'을 준비해야 했다.

히아신스는 허공에 그림을 그렸다.

그림은 히아신스의 특기였다.

'그분은 내 그림을 좋아하셨지.'

다른 건 몰라도 그 하나는 기억이 난다.

그분은 곧잘 히아신스의 그림에 집중하고 있었던 것이다.

믿음은 힘이 되었다.

곧 허공에서 그림이 튀어나왔다.

아름다운 궁정마차와 마차를 끄는 여덟 마리 순백의 말.

히아신스는 우아하게 마차에 올랐다.

"성녀……!"

"성녀시여!"

성기사들이 그녀를 추종하기 시작했다.

뮬라란으로 들어서자 히아신스를 본 사람들이 하나둘 무릎을 꿇었다.

그렇게 네 번째 성녀가 탄생했다.

시간을 역행했다.

40여 년 전, 처음 웡 청린에게 붙잡혔을 때로.

그곳에서 무영은 무영이 아니었다.

하지만 그곳에서 진짜 무영을 만났다.

“살수림 최강의 살수래.”

“죽인 사람이 일만은 된다던데.”

세뇌 직전의 사람들이 모여 있었다.

기본적으로 몸을 혹사시킨 뒤 정신을 몰아넣고서 세뇌가 진행된다.

처음엔 200명에 달했으나 지금 이곳에 모인 건 고작 50명 정도.

50명의 사람은 돌연 나타난 남자를 멍하니 응시했다.

0번이라 불린 남자는 조용히 웡 청린의 뒤를 따르고 있었다.

“차라리 실력 있는 살수가 되면 조금은 편해질까?”

“나, 난, 이곳에서 나갈 거야. 내가 있을 곳은 이런 곳이 아니라고.”

사람들은 살기 위해 필사적이었다.

웡 청린은 실제로 ‘열심히 하면 풀어주겠다’라는 등의 희망 고문을 행했던 것이다.

그때 한 남자가 무영의 어깨를 때렸다.

“인마, 약골! 뭘 멍 때리고 있어?”

“다음 시체 당번은 너야. 빨리 가서 치우라고.”

약골.

사람들이 부르는 남자의 별명이었다.

무영은 기억 속에서 남자가 되었다.

"하여간 느려 빠져가지곤."

"지금까지 살아 있는 게 용하군. 성적은 만날 꼴찌인데 말이야."

남자는 낮은 시선에서 절로 몸을 움직였다.

훈련 도중 죽은 사람들의 시체를 직접 치우는 역할이 주어진 탓이다.

남자는 시체를 치우며 상태창 시계를 모았다.

사람들의 시계에 새겨진 히스토리는 별게 없었지만 그냥 취미 같은 것이었다.

그냥, 보는 게 좋았다.

마치 이야기를 읽는 느낌.

살벌하기 그지없는 훈련 속에서 유일한 안식처가 되었다.

시계에 새겨진 이야기를 전부 읽으면 반쯤 찢어진 책에 그림으로 남겼다. 그림 실력이 썩 좋진 않았지만 이곳에서 할 수 있는 유일한 유흥거리다.

이야기를 그림으로 만드는 작업은 꽤 재미가 있었다.

이후 자신만의 장소에 숨겨놓았다.

"……."

어느 날 저녁, 시계를 숨겨둔 장소로 0번이 찾아오지만 않았다면 이 은밀한 취미는 계속해서 유지되었을 것이다.

남자는 침을 꿀꺽 삼켰다.

시퍼런 눈이 자신을 내려다보고 있었다.

설마 시계를 숨겨서 죽는 걸까?

무엇을 하느냐고 묻는 것만 같은 눈빛에 남자는 절로 답해 버렸다.

"이, 이야기를 읽고 그림으로 그리고 있었습니다. 사람들의 이야기를. 이야기는 저를 강하게 만들어줍니다. 제가 버틸 수 있게 해줍니다. 그러니까…… 읽어보시겠습니까?"

천천히 남자는 쥐고 있던 그림책을 넘겼다.

괴물의 털로 작은 붓을 만들고 물감 대신 피를 사용했지만 그렇다고 아주 못 봐줄 정도는 아니었던 것이다.

"……."

0번은 남자의 그림책을 천천히 음미하듯 훑었다.

그러곤 돌연 눈앞에서 사라졌다.

책을 가져갔지만 남자는 차마 그것까지 책잡을 마음이 없었다.

대신 서늘한 목을 쥐며 한숨을 내쉬었다.

"후우, 정말 귀신같은 남자구나."

스으윽.

불과 30여 초나 지났을까.

다시금 남자의 눈앞으로 0번이 나타났다.

헛!

소리를 내지르며 남자가 바닥에 엉덩방아를 찍었다.

툭! 투툭!

하지만 다음 0번의 행동은 전혀 예상외의 것이었다.

수십 개의 상태창 시계를 바닥에 던졌다.

그러곤 그림책을 내밀었다.

'그림을 그리라는 건가?'

남자는 침을 꿀꺽 삼켰다.

바닥에 떨어진 상태창 시계를 확인하자 긴장감과 놀라움은 배가 될 수밖에 없었다.

'군왕 아자르! 여왕벌 하샤!'

마계로 흘러들어온 지 얼마 안 되는 남자가 알 만한 사람들의 상태창 시계가 함께 있었다.

어찌 놀라지 않을 수 있겠는가.

모두 초강자로 분류되는 그들을 0번이 암살한 거다.

이건 그 증거물들이었다.

입술이 바짝 말랐다.

하지만 보고 싶었다. 이야기를 본 뒤 그림으로 남기는 게 남자의 유일한 취미였으므로.

그림을 그리면 그것을 0번이 가져갔다.

그리고 일주일, 혹은 한 달 정도 간격으로 0번이 다시금 시계를 가져왔다.

네 번쯤 반복되었을 때, 남자의 수련도 막바지에 이르고 있었다.

앞으로 두어 번 더 수련을 행하면 세뇌가 진행된다.

현재까지 살아남은 인원은 200명 중 고작 20여 명 정도.

이게 절반으로 줄고 남은 인원은 모두 세뇌되어 살수가 될 터였다.

"이름이 뭡니까? 0번이 이름이진 않을 거 같은데요."

그것을 남자도 느끼고 있었다.

하여 묻지 않을 수 없었다.

"무…… 영."

0번이 가까스로 입을 열었다.

어색하기 짝이 없었지만 처음으로 하는 대화에 남자는 신이 났다.

"무영(無影)? 그림자가 없다? 정말 살수다운 이름입니다. 제 이름은…… 기억이 잘 안 나네요. 요즘 들어 기억이 애매해지고 있습니다."

훈련을 하며 먹고 있는 약물은 기억을 증발시킨다.

완벽한 세뇌를 위한 절차였다.

그것을 모두 알지만 살기 위해선 먹을 수밖에 없다.

0번은 다시금 입을 꾹 다물었다.

0번은 마치 아이와 같았다. 어쩌면 그래서 더욱 남자의 행동에 집중하는 것일지도 모른다.

이야기와 그림을 싫어하는 아이는 없으니까.

"저는 무영이 아니라 유영(有影)이 되고 싶습니다. 적어도 제 그림자는 남기고 싶어요. 가능할 줄 알았는데, 쉽지 않을 것 같습니다. 하하. 이 세상에서 저를 아는 사람은 그대뿐이 없으니 말입니다."

모두가 기억을 잃어간다.

남자 역시 마찬가지다.

마지막까지 남자를 기억해 줄 사람이라면 0번밖에 없었다.

"그러니 마지막까지 살아주십시오. 저를 기억해 주세요. 저는 뭐, 살수가 되어도 오래 살긴 힘들 것 같습니다."

어깨를 으쓱했다.

그러자 0번이 시계와 그림책을 내밀었다.

'그림이나 그리라는 건가?'

피식 웃으며 붓을 들었다.

둘은 그런 관계였다.

있을 듯 아무것도 없는.

다행히 남자의 세뇌는 뒤로 늦춰졌다.

신성 도시 뮬라란의 수천 성기사가 훈련장을 습격한 것이다. 그곳을 지키던 살수 대부분이 죽었지만 남자는 여전했다.

그냥 다른 훈련장으로 옮겨진 게 전부.

다른 훈련생들과 함께 훈련을 받으며 살수로의 감각을 키워 나갔다.

사실상 시간이 지날수록 남자는 자신의 자아를 잃고 있었다. 강력한 약물이 의식을 점차 멀어지게 하는 중이었다.

그럼에도 남자는 이야기를 보았다.

0번과의 관계는 남자가 붙잡은 마지막 동아줄과도 같았다.

그것마저 잃으면 남자는 자신의 자아를 완전히 상실해 버릴 터였다.

"누군지 모를 사람이 겪은 이야기가 모두 이 시계에 저장되어 있다니, 참 신기하지 않습니까?"

"어? 언제 저녁이 됐지?"

"이름이 뭐라고 했죠?"

혼잣말.

하지만 모두 혼란 가득한 울림에 지나지 않았다.

남자의 기억은 불안전했다.

약물로 인한 후유증.

이 시기가 지나면 완전히 세뇌가 되어버릴 것이었다.

자아를 잃고 사람을 죽이는 무기로 전락한다.

0번은 그 모습을 묵묵히 바라보고 있었다.

끝내 남자는 0번의 이름마저 잊었다.

그러자 0번은 자신의 손목을 긋더니 그 피를 남자에게 마시게 했다.

그럴 때면 남자는 조금이나마 정신을 차리고 그림을 그릴 수 있었다.

뮬라란에서 다시금 공격을 해오기 전까진 그런 나날의 반복이었다.

"그림자를 죽여라!"

"신의 창을 되찾자!"

뮬라란의 공격은 대규모였다.

촘촘히 그물을 짜고 도망칠 수 없게 만들었다.

오로지 웡 청린을 잡고자 하는 움직임.

자멸의 언덕에서 웡 청린이 '신을 죽이는 창'을 강탈하자 뮬라란도 대대적인 공세에 나선 것이다.

뮬라란이 창을 구하는 데 혈안이 되어 있었던 만큼 이번 일에 사활을 걸었다.

훈련장을 공격한 성기사와 사제들의 숫자가 무려 5만에 달했다.

하지만 '신을 죽이는 창'이 강력하게 봉인되어 있다는 걸 확인한 이후 웡 청린은 그것을 미련 없이 버렸다.

물론 그냥 버리진 않았다.

0번.

그가 신을 죽이는 창을 들고 뮬라란의 성기사들을 유인했다.

시간을 벌고 길을 트기 위함이다.

그 과정에서 무수히 많은 상처를 입었다.

아무리 0번이라도 5만 성기사를 모두 상대할 순 없었다.

당연히 남자의 탈출도 어렵다.

뮬라란은 순백이다. 조금이라도 물든 자는 살려두지 않는다. 뮬라란이 공격한 시점에서 남자는 한 번 죽었다.

하지만 남자는 죽음에서 살아났다.

'내가 살아 있다고?'

다시 눈을 떴을 때 주변은 불의 지옥이었다.

모든 게 타오르고 있었다.

시체가 만연했다.

더불어, 남자의 심장엔 빛의 창이 한 자루 꼽혀 있었다.

신을 죽이는 창.

그것의 봉인이 해제되어 남자를 살려낸 것이다.

이어 창은 남자에게로 흡수되듯 스며들었다.

"대체 이게……."

남자는 고개를 들었다.

오랜만에 정신이 맑았다.

하지만, 자신의 옆에 쓰러진 사람을 발견한 순간 크게 놀랄 수밖에 없었다.

"무영!"

0번은 죽어가고 있었다.

팔이 하나 잘리고 허리도 반쯤은 동강이 난 채였다.

"어째서!"

남자는 오열했다. 그리고 격분했다.

"세뇌가 느슨해졌음을 압니다. 당신은 이제 당신의 삶을 살 수 있었다고요! 그런데 어째서……!”

0번은 남자와의 만남 이후 자신의 정체성을 점차 찾아가고 있었다. 굳이 웡 청린에게 목숨을 바칠 이유도, 자신을 살릴 이유도 없었다.

그냥 떠나갔으면 그만인 것을!

“난, 괴로웠다. 너와…… 만나서 즐거웠다. 부디, 날, 기억…….”

그 한마디만을 남기고, 0번이 고개를 떨어뜨렸다.

그 말을 듣고 남자는 깨달았다.

누군가에게서 잊히는 걸 남자만 두려워한 게 아니다.

아무도 자신을 기억하지 못하는 것을 0번 역시 두려워하고 있었다.

‘무영.’

남자는 그 이름을 마음속에 새겼다.

잠시 후 남자는 쓰러졌다.

다시 일어났을 때, 눈앞에 웡 청린이 있었다.

“네 이름이 무엇이냐?”

어느덧 세뇌가 진행되고 있었다.

기억은 점차 빛바래졌다.

자신의 이름이 떠오르지 않았다.

남자는 잠시 고민하다가 입을 열었다.

“무영.”

0번은 존재했다.

다만, 앞으로 있을 뮬라란의 습격에서 죽었을 따름이지.

무영 역시 무영이 맞았다.

그저 무영이면 족했다.

처음부터 그리 마음먹지 않았던가.

하지만 놈은 진실 속에 거짓을 섞었다.

웡 청린. 모두 그의 술수였다.

좌아아아악!

무영은 디아블로의 불꽃 속에 있었다.

디아블로의 불꽃은 근원. 정화를 뜻한다.

생명의 탄생과 죽음 모두를 아우르는 절대적인 힘!

이윽고 무영의 심장에서 빛의 창이 떠오르기 시작했다.

'가브리엘의 창.'

신을 죽이는 창은 가브리엘의 창이었다.

어쩌면 무영이 겪은 모든 일이 이 창에서부터 시작되었을지도 모르겠다. 그리고 대천사 가브리엘이 왜 무영을 택했는지 이제는 알 것 같았다.

화아아아악!

무영이 심장에서 튀어나온 창을 쥐었다.

'지금이라면…….'

막혔던 것이 뻥 뚫렸다.

답답했던 모든 게 사라졌다.

무영은 이곳에서 자신만의 기술을 만들고자 하였다. 그러기 위해선 자기 자신을 받아들일 필요가 있었다.

무영은 지금 바로 그 과정 위에 있는 것이다.

이름을 계승한 것에 불과하다지만 이 이름의 무게가 얼마나 무거운지 이제는 안다.

여태껏 고뇌하고 바라던 모든 것이 사실이란 것도 알았다.

수많은 영웅을 죽이고, 그들의 피를 취했던 과거의 자신 역시 그대로 있었다. 그저 이름을 계승하기 직전의 기억만 날아가 있었던 것이다.

한마디로 기존의 기억에 잊혔던 기억이 덧붙여졌을 따름이다.

나머지는 모두 진실이었다. 더는 흔들리지 않는다.

'시계.'

무영은 고개를 돌려 상태창 시계를 바라봤다.

뒤에 써진 Howl이란 글자.

이 시계는 0번의 시계가 맞았다.

0번의 본명은 하울(Howl)이었다.

0번이 죽은 이후 무영은 자신의 것을 빼고 이것을 착용했다. 어째서 과거로 돌아온 지금까지 이걸 착용하고 있는지는 모르겠지만 그만큼 무영은 이 시계를 소중히 하였던 것이다.

무영은 창을 들고 눈을 감았다.

그리고 천천히, 자신만의 세계에 녹아들었다.

쿵!

권왕의 박투술은 이미 달인의 경지에 이르러 있었다.

손을 한 번 뻗을 때마다 공기가 일렁이며 거친 파동을 일으켰다. 그리고 마침내 복면인의 전신을 찢어발겼다.

"이것이 신비문의 힘이다. 12성 대성을 하면 신인들 못 찢으랴?"

권왕은 콧대를 세웠다.

신조차 죽일 수 있는 힘!

그것이 신비문의 무공이었다.

사실상 처음부터 신에 도달하고자 만들어진 곳이었으니.

다만 1인 전승의 신비문파라 알려진 게 그다지 없을 따름이다.

"천하의 살수림도 내 손에 걸리면 이처럼 아작이 나는 법이지."

"살수림이 뭐기에 그렇게 이를 갈아요?"

배수지는 처음으로 관심을 가졌다.

그동안은 말을 나누는 것조차 싫어했지만 권왕의 감정이 심상치 않아보였던 탓이다.

권왕은 순간적으로 표정을 굳혔다.

"살수림은 내 아내와 딸을 앗아갔다. 관계된 놈들을 다 죽이는 것만이 내 목표다."

"그게 유일한 목표면 저는 보내주셔도 되겠네요?"

"하지만 이제는 하나가 더 추가됐다. 신비문의 모든 걸 이을 전승자가 눈앞에 나타났으니! 너는 대성하여 꼭 마신들을 죽여야 한다."

배수지가 입술을 쭉 내밀었다.

"남자가 한 입으로 두말하는 거 아니랬는데."

"마음대로 지껄여라. 네가 나를 원망해도 좋다. 하지만 너는 신비문을 이어야 한다."

권왕은 고집이 강했다.

배수지의 입장에서 권왕은 분명히 나쁜 사람이었다.

그러나 뭔가를 가르칠 때를 제외하면 최대한 배수지의 편의를 봐주려고 애썼다.

물론 지금도 보고 싶은 사람이 많다.

특히 친부인 배승민이 잘 지내고 있을지가 매우 걱정이 되었다. 울고 떼를 써보기도 했지만 그런 게 통할 이가 아니란 걸 배수지는 깨달았다.

지금 권왕에게서 벗어날 수 있는 방법은 최대한 빨리 무공을 익혀 8성에 이르는 것뿐.

"그런데 어디로 가는 거예요?"

"천녀세가."

"천녀세가?"

“여자로만 이루어진 곳이다. 그곳에서 너는 여자를 배울 게다.”

“난 이미 여잔데요?”

의뭉스러운 말에 배수지가 고개를 갸웃했다.

그러자 권왕이 말했다.

“신비문의 모든 무공은 자신을 아는 것으로부터 시작한다. 또한 다른 무공들도 자연스럽게 받아들일 수 있는 장점이 있지. 그곳에서 뭘 배우냐에 따라 앞으로 배움의 속도가 크게 달라질 것이다.”

배수지가 눈을 동그랗게 떴다.

빨리 배워서 강해지는 것!

지금은 그것만이 목표였다.

아랑드가 눈살을 찌푸렸다.

영토 수호자 발탄도 표정을 굳혔다.

두 그림자가 영지를 침범하자 그를 격퇴했지만 죽어선 안 될 이가 죽어버린 것이다.

“서한…….”

발탄이 작게 말했다.

도깨비를 총괄하는 책임자이자 가장 열성적으로 영지를

보강하는 데 앞섰던 자.

영주를 따르는 데 있어서 한 치의 의심 없던 그가 죽었다.

또한 발탄과는 좋은 경쟁자 관계에 있었건만.

"이런 일이 다시는 발생하면 안 됩니다."

아랑드가 말했다.

아랑드는 무영이 주최한 서열 결정전에서 1위를 한 재목이었다.

애당초 무영 하나만을 보고 강해진 남자가 그였다. 그전에는 지하 투기장에서 노예로서 하루하루를 연맹해 나갈 뿐이었으니.

하지만 지금은 영지에서도 중요한 위치에서 일들을 맡고 있었다.

그가 서한의 장례를 진행하며 목대에 핏줄을 세웠다.

"우리는 우리의 힘을 더욱 강하게 키울 필요가 있습니다."

가능하다.

특히 무영의 영지에서라면 마음먹기에 달렸다.

아수라의 신전과 멀더던의 던전은 성장에 아주 좋은 요소로 작용했다.

하물며 이곳은 마신의 영역이다.

싸우고 이겨야만 하는 장소!

"강해집시다. 영지를 늘립시다. 서한의 죽음을 헛되이 해서는 안 됩니다."

서한은 누구보다 열성적이었다.

누구보다 영지를 염려했으며 누구보다 무영을 따랐다.

그 정신을 아랑드와 발탄은 이어받을 작정이었다.

돌이켜보면 부족한 점이 많았다. 조금씩이지만 나태했고 굳이 앞장서려 하지 않았다.

좌아악!

쿵!

그 순간이었다.

아랑드의 짧은 연설이 끝난 순간, 아수라의 신전에 거대한 기둥이 세워졌다.

하지만 이 현상을 그들 모두 처음 보는 건 아니었다.

벌써 두 번째.

무영이 천마신교의 교주 월하를 죽였을 때 이와 같은 일이 있었던 것이다.

그리고 영토의 수호가 더욱 강해졌다.

한데 또 같은 일이 벌어졌다면…….

"영주께서 또 거대한 적을 섬멸하신 건가?"

"아아, 훔과 움께서 우리에게 선물을 내리셨다!"

신전에 새롭게 세워진 기둥엔 온갖 꽃들이 만연하게 피어 있었다.

그러자 모든 영지민의 눈앞으로 작은 문자들이 떠올랐다.

〈아수라의 전승자(움)가 팔부신중 중 '야차'의 전승자를 쓰러뜨렸습니다.〉

〈아수라(훔)가 매우 기꺼워합니다.〉

〈'풍요의 기둥'이 신전에 세워집니다.〉

〈'풍요의 기둥'은 영지를 더욱 발전시키고 영지를 풍요롭게 만들며 번식률을 크게 올립니다. 또한 영지에 속한 모든 이의 성장이 빨라지도록 도울 것입니다.〉

"화환이련가……."

발탄이 작게 중얼거렸다.

그렇다.

이 기둥은 무영이 서한의 장례에 보내는 화환과 같았다.

용군주 한성은 곧장 저 먼 서녘으로 향했다.

서녘의 땅은 모두 하늘에 떠 있어서 '공중 정원'으로 불렸는데, 그곳의 주인이 바로 '용들의 왕'이었다.

용들의 왕은 그 크기부터가 어마어마했다.

하늘을 뚫어버릴 정도로 거대한 동체.

그 앞에서 한성과 아르키사는 한없이 작아 보일 따름이었다.

"찾았습니다. 검 조각의 주인은 이면의 주인 중 하나인 '킹 슬레이어'라고 합니다."

현자의 방과 다른 곳들을 전전하며 겨우 얻어낸 정보였다.

이면의 주인에 대해선 용군주도 익히 아는 바였다. 그들에게 몇 번 보상을 받은 적이 있기 때문이다.

-킹슬레이어…… 그가 나섰다는 건 격변을 대비하라는 뜻이다. 검 조각은 경고이니.

"무슨 격변이 일어난다는 말입니까?"

-73번째 마신이 탄생하였다. 그의 이름은 디아블로. 창조와 파괴의 불을 지닌 극악한 마신이니라. 또한 몇몇 마신이 '알스 노바'를 찾고 있다.

"알스 노바라면 레메게톤의?"

73번째 마신이라니!

충분히 놀랄 일이지만 한성도 이곳으로 오며 불길한 징조를 읽었다.

아마도 그게 디아블로의 탄생과 관계가 있는 듯싶었다.

하지만 그보단 알스 노바가 더 신경이 쓰인다.

모든 마신은 '레메게톤'에 의해 봉인되어 있었다.

하지만 봉인이 풀리고 이곳 마계에 정착하게 되었다.

그중 레메게톤의 겉표지는 바알이 가지고 있다고 알려져 있었다.

하나 그 내용들은 빠진 게 많다.

그중 하나가 '알스 노바'였다.

기적과 같이 강력한 주문들이 그 '알스 노바'에 새겨져 있다고 전해진다.

—알스 노바를 찾게 된다면 그들은 푸른 사원의 벽을 깨버릴 수 있다. 그곳의 수호자이자 세상의 균형자인 멀린이 죽으면 세상의 멸망은 더욱 가속화될 것인즉.

"킹슬레이어는 그럼 알스 노바를 찾고 있는 겁니까?"

—마신들이 알스 노바를 찾는 것은 정해진 수순이다. 바알이 레메게톤의 표지를 가지고 있는 한, 킹슬레이어가 막을 수 없다. 그 역시 그 사실을 알 것이다.

"그럼? 이면에 있어야 할 그가 어째서 나타난 건지……."

—킹슬레이어는 시간을 다룬다. 오직 그만이 '시간'에 대한 이상을 알아차릴 수 있다. 그가 직접 움직였다면, 역시 '시간'과 관계된 일일 테지.

용들의 왕도 정확히 모든 사실을 알지는 못했다.

그는 전능했지만 전지하지는 않았던 것이다.

한성이 다시금 고개를 숙였다.

"제가 가야 할 길을 인도해 주십시오."

—균열의 파편을 모아라. 알스 노바를 찾는 걸 막지는 못해도 방해는 할 수 있을 것이다. 아르키사가 너를 인도할 터이니.

크롸아아앙!

아르키사가 크게 울었다.

그러자 용들의 왕이 마저 말했다.

-하지만 아르키사 하나로는 힘들 것이다. 너는 막강한 검을 얻었으나 아직 방패는 얻지 못했다. 지금 당장 '빛의 샘물'로 향해 빛의 용 '샨달톤'을 굴복시켜라.

"……!"

한성이 눈을 부릅떴다.

용들의 왕이 두 번째 용과의 계약을 허락했다.

격변에 대비하여 용들의 왕도 강수를 두기 시작한 셈이다.

용들의 왕을 비롯한 신격을 지닌 네 존재.

모든 산의 주인, 죽음의 군주, 달의 아이는 모두 사방(四方)의 균형을 유지하는 균형자다.

그 중심에 푸른 사원과 멀린이 있었다.

그들은 직접 움직일 수 없다. 그러니 이처럼 다른 이들에게 힘을 주고 대비토록 만드는 것이다.

물론 샨달톤을 굴복시키는 건 오로지 한성의 몫이었다.

샨달톤은 능히 아르키사와도 견줄 수 있는 최강의 용 중 하나.

잘못하면 한성이 죽을 수도 있었다.

"지금 바로 출발하겠습니다."

하지만 한성은 개의치 않았다.

그는 용군주.

포기를 모르는 남자이기에.

그리고 여기, 포기를 모르는 남자가 한 명 더 있었다.

무영은 디아블로의 불꽃 속에서 창을 휘둘렀다.

가브리엘의 창은 무영에게 많은 것을 알려주었다. 무영이 자신만의 기술을 만드는 것에도 큰 보탬이 되었다.

무아(無我)의 경지.

자신을 잊고 모든 걸 잊은 채 오로지 기술만을 연마했다.

만들고, 버리고, 다시 만든다.

시간이 얼마나 흘렀는지조차 이제는 알 수 없었다.

하지만 이 과정은 무영에게 반드시 필요한 일이었다.

자신만의 길을 만드는 것. 그리하여 진정한 고유성을 찾는 것!

이제는 방황하지 않는다.

무영은 그저 한 길로만 나아갔다. 그리고 마침내 불꽃 속에서 진정한 '정수'를 보았다.

극도로 순수하며 극도로 무영의 색깔을 나타내는 검법.

'무영검.'

자신의 이름을 붙였다.

무영이란 이름은 이제는 떼어낼 수 없는 자신만의 증명과도 같았다.

또한 검이라지만 모든 기술의 총아와 같다.

자신의 지식과 가브리엘의 창이 알려준 지식들을 합쳐 만든 기술의 결정체.

촤아악!

검무를 추자 디아블로의 불꽃이 갈라졌다.

한 번 타오르면 결코 흔들리지 않는 불의 정수가 무영에 의해 움직였다.

잠시 후 무영은 불꽃 속에서 한 걸음 밖으로 나왔다.

불꽃 밖으로 나온 무영은 예전보다 더욱 기세가 정리되어 있었다. 겉으로는 아무런 표도 나지 않았다. 마치 평범한 사람 같았다.

무저갱과 같던 눈동자도, 살기도. 모든 게 지워졌다.

하지만 그 안에 감춰진 힘은 전과 비교할 수 없었다.

마침내, 시련을 이겨내고 오로지 자신만의 길을 찾아낸 것이다.

이로써 무영은 오롯이 존재하게 되었다.

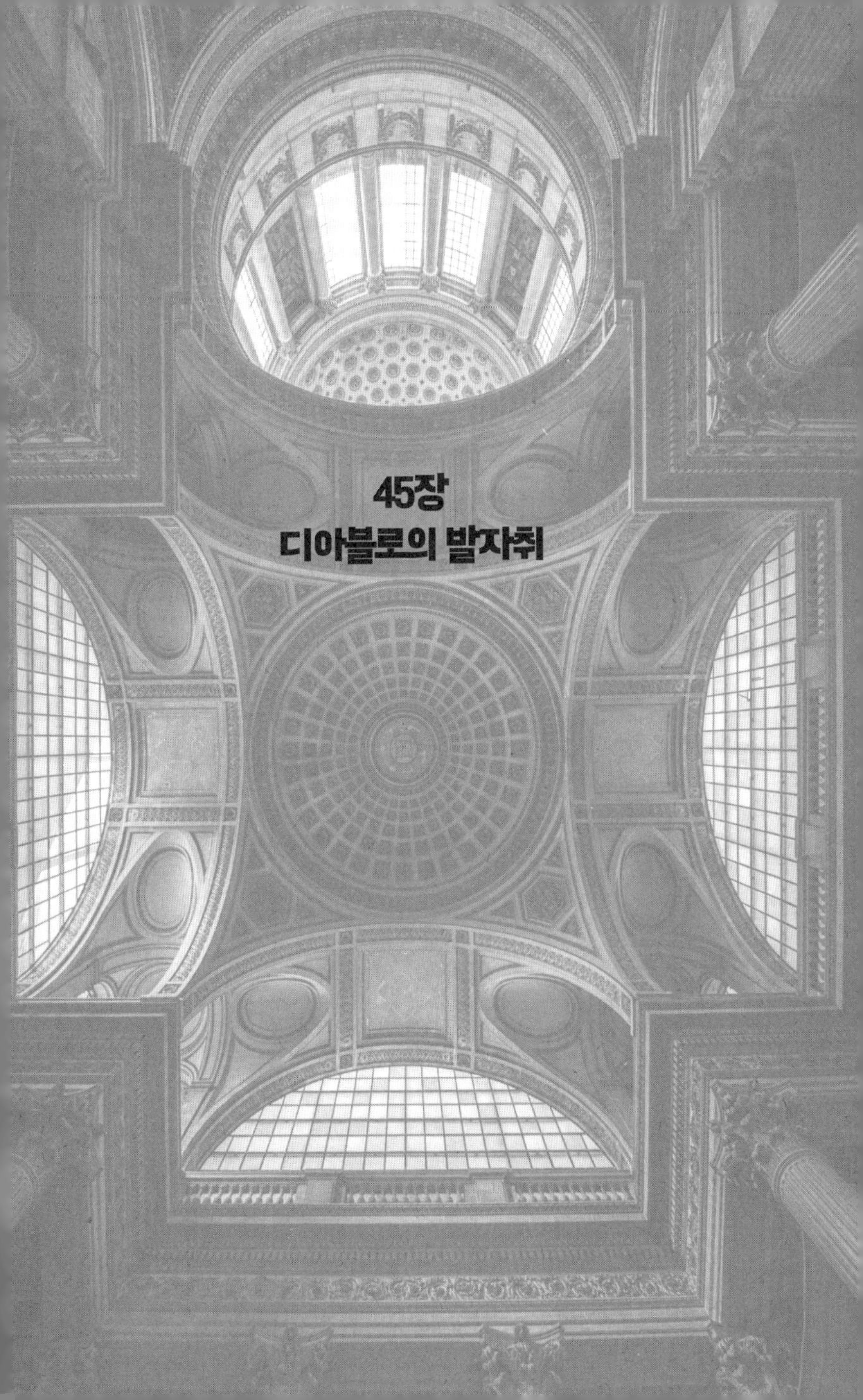

45장
디아블로의 발자취

전신을 좀먹고 있던 어둠도 모두 사라졌다.

그 상태에서 무영은 주변을 둘러보았다.

거대한 불길들. 이 불길은 모두 디아블로의 정화다. 불길을 이겨낸 자만이 살아나갈 수 있는 자격을 획득한다.

무영은 지금 그 자격을 얻었다.

〈'화염의 정수'가 신체에 깃들었습니다.〉

〈'화염의 지배자'를 전승했습니다.〉

〈모든 순수 능력치가 크게 증가했습니다.〉

〈특수 스킬을 제외한 스킬들의 랭크가 'A'로 격상합니다.〉

부르르르!

거기서 그친 게 아니다.

무영은 불길을 거둬들였다.

그러자 디아블로의 불길들이 무영에게 빨려 들어가기 시작했다. 그럴 때마다 전신이 터질 것처럼 부풀어 올랐지만 무영은 내색하지 않았다.

'디아블로의 불은 모든 불의 시초다.'

태곳적 존재했던 불길.

그것이 디아블로가 가진 불꽃의 실체였다.

이런 불꽃을 얻을 기회는 좀처럼 없다.

하물며 디아블로의 불에 대한 내성을 무영만이 가지게 되는 것이었다.

완전한 면역은 아니더라도 상당한 저항은 가능하리라.

디아블로는 바알의 공격마저 번번이 막아낼 정도로 강력했다.

그러한 불꽃이다. 어찌 탐이 나지 않을 수 있겠는가.

〈마신 디아블로의 불꽃을 모두 흡수했습니다.〉

〈전승 효과, '화염의 지배자'의 랭크가 올라갑니다.〉

그럼에도 무영은 평범하기 그지없었다.

적어도 겉으로는 아무런 티조차 나지 않았다.

이만한 불꽃을 삼켰다면 응당 그 효과가 거울처럼 반사되어 나타나야 하건만 그런 게 전혀 없었던 것이다.

'극에 이를수록 평범해진다.'

용군주의 검이 그러하다.

그는 모든 식을 벗어던지고 격 없는 검술을 손에 넣었다. 마치 초보자의 움직임처럼 중구난방이었지만 그 속에 숨겨진 정화는 누구도 따라올 수 없는 경지에 이르러 있었다.

무영도 이와 같다.

선인지, 악인지, 강한지, 약한지…….

무영이 보이고자 하는 게 아니라면 누구도 쉽게 알아볼 수 없을 것이었다.

이윽고 무영은 방의 끝으로 나아갔다.

그곳에서 작은 불길에 휩싸인 커다란 알을 하나 발견할 수 있었다.

'스노우.'

스노우는 가루라의 전승자다. 또한 가루라는 태양의 새다.

야차…… 그러니까 웡 청린을 죽일 땐 글귀가 떠올랐지만 스노우를 죽일 땐 아무런 글귀도 떠오르지 않았다.

그 이유가 눈앞에 있었다.

'죽지 않았던가.'

가루라의 전승자인 영향인지 한 번에는 죽지 않는 모양이었다.

태양의 새는 그 특성상 강력한 불이 있으면 다시금 부활하기 때문이다.

봉황, 주작, 피닉스 등 모두가 동일하다.

이름은 달라도 그 모두가 태양의 새로 귀결되었다.

무영은 잠시 알을 쳐다보았다.

그 크기가 어지간한 어른만 했지만 저 안에 숨 쉬는 약한 생명의 소리가 들려왔다.

비탄을 만지작대다가 한 차례 고개를 저었다.

스노우의 시체에서 오로지 빛만이 흘러나와 이 알에 새겨지지 않았나.

아마도…… 스노우는 이처럼 계속 대를 물려가며 새로이 태어난 모양이었다.

그러니 과거에도 누구 하나 스노우의 정체를 제대로 아는 이가 없었던 것이다.

무영은 알에 손을 댔다.

허락받지 않은 이가 만지면 전신을 태워 버릴 겁화지만 무영은 화염의 지배자.

이 정도의 불꽃은 무영에게 커다란 타격을 주지 못한다.

화아아아아악!

그러자 더욱 거대한 불길이 무영을 삼켰다.

불길은 무영에게 파고들어 가브리엘의 창이 그랬던 것처럼 새로운 과거를 회상시켜 주었다.

과거, 스노우는 마왕 침공 때 죽었다.

하지만 다시 살아났다.

그러나 이전의 스노우와는 많은 부분에서 달라져 있었다.

새로이 태어난 스노우는 겁이 많았다.

나서지 않았고 그저 멀리 떨어져 제3자의 시선처럼 세상이 멸망해 가는 걸 지켜보고만 있었다.

그 시선 속에는 '무영' 역시 있었다.

최강의 살수. 홀로 살수림을 무너뜨리고 죽은 남자.

그는 수많은 영웅을 죽였다.

인류의 희망이라 일컬어지던 용군주 한성마저도 그의 손에 죽었다.

하지만…… 분명히 무영을 구할 기회가 있었다.

무영을 구했다면 다른 사람들 역시 구할 수 있었을 터다.

그러나 스노우는 움직이지 않았다.

살수림이 불타 사라지고, 대혼돈이 일어나고, 용군주가 죽고, 사방의 균형자가 차례차례 죽어 나가며 마지막으로 세계의 수호자인 멀린마저 죽었을 때조차 스노우는 숨어만 있었다.

그 이후 일어난 격변을 스노우는 보았다.

모든 생명체를 지우자 마신들은 오로지 자신들만이 진정한 '신'으로 남길 원했다.

그리하여 모든 신을 소환했다. 가짜 신들도 포함되어 있었다.

무서웠다. 그들의 격변은 상상을 초월했으므로.

그래서 스노우는 자신이 본 모든 것을 '꿈'으로 치부했다.

세상이 완전한 암흑에 휩싸인 뒤, 작은 빛의 출현과 스노우는 꿈에서 깼다.

그다음부터 준비하기 시작한 것이다.

신들의 소환 때 본 디아블로.

그의 강력한 힘을 잇고 만에 하나의 일이 생기거든 소환하기로 결심한 것이었다.

하지만 이번 생에서도 스노우는 죽었다.

마왕이 아닌 무영에 의해.

꿈이 아닌 현실이었다.

쩌적! 쩌저적!

무영이 손을 대자 알이 균열을 일으키기 시작했다.

이윽고 알이 완전히 깨지며 그 안에서 나신의 소녀가 튀어나왔다.

철푸덕!

나신의 소녀는 힘없이 바닥에 몸을 눕혔다.

바깥에서 보았던 스노우보다는 신체가 조금 더 어려 보였다.

'그런 거였군.'

눈앞의 소녀야말로 무영의 기억 속에 존재하는 스노우가 맞았다.

바깥에서 보았던 스노우는 왜인지 기억 속의 스노우보다

나이가 좀 있어 보였다.

약간 더 성숙해 보이는 이미지라 처음 봤을 땐 의아했던 게 사실이다.

아마도 대를 거듭할수록 신체의 나이가 어려지는 듯싶었다.

스노우의 신체는 아무리 시간이 지나도 나이를 먹지 않았다.

즉, 정해진 생명의 숫자가 있다는 것.

하지만 신체의 나이만 어려지는 것인지는 더 지켜볼 필요가 있었다.

뾰롱! 뾰로롱!

그때였다.

아름과 요람의 정령이 무영의 머리 위에서 내려왔다.

그러곤 스노우의 몸에 깃들었다.

슈우우우우웅.

찬란한 빛이 사방에 늘어졌다.

이윽고 조금씩 축소되며 스노우의 몸에 완전하게 흡수되었다.

껌뻑!

잠시 후 스노우가 힘겹게 눈을 떴다.

그 상태로 무영을 올려다보았다.

이내 입가에 천진난만한 미소를 지으며, 스노우가 말했다.

"아빠!"

아빠?

무영은 이맛살을 구겼다.

그 단어를 몰라서가 아니다.

스노우의 입에서 그 단어가 튀어나온 게 문제였다.

“빠?”

“나는 네 아빠가 아니다.”

갸우뚱.

스노우는 손가락을 무영의 볼에 쿡 찔렀다. 그러고는 배시시 웃었다.

순백과 다름없었지만 말귀가 아직 트이지 않은 듯싶었다.

스릉.

무영은 비탄을 꺼냈다.

한 번 죽인 상대를 한 번 더 죽이는 경험이 많지는 않지만 못 할 것도 없었다.

정확히 미간 앞까지 비탄을 가져다가 대었다.

“빠~”

그러자 스노우는 검을 장난감처럼 손댔다.

살의와 적의조차 읽을 수 없다니.

혹시 스노우가 아니라 아름과 요람의 정령인 것일까?

아름과 요람의 정령이 스노우의 안에 깃드는 걸 무영도 보지 않았던가.

어쩌면 둘이 섞였을 수도 있었다.

하지만 아름과 요람의 정령은 의식이 매우 얕았다.

단순함의 극치라 할 수 있는데, 무영에 대한 이 호감은 정령을 더욱 닮아 있었다.

그러나 과거 인류를 위해 헌신했던 스노우의 순백과 같은 면모도 약간 보이는 것 같아 더욱 정리가 되질 않았다.

무영은 혀를 차며 다시 비탄을 집어넣었다.

그리고 뒤를 돌려 걷자 스노우가 열심히 맨발을 놀리며 무영을 따랐다.

쿵!

닫혔던 제단의 문이 열렸다.

무영은 천천히 밖으로 걸음을 옮겼다.

이어 주변을 둘러본 무영은 살짝 눈살을 찌푸릴 수밖에 없었다.

'자멸의 언덕이 아니로군.'

주변에 청록빛이 만연했다.

작은 동산과 거대한 샘이 존재하는 장소.

결코 자멸의 언덕일 리는 없었다.

디아블로의 폭격을 맞았던 그 장소는 회생하는 게 불가능하다.

"빠! 아빠!"

무영은 고개를 돌렸다.

신체가 약간 어려진 스노우는 무영을 아빠라고 부르며 따랐다.

기억이 온전하지 않은 듯싶었다.

아니, 아예 전부 지워진 것만 같았다.

당연히 무영과의 접점을 모두 잊었고 살아가는 데 필요한 아주 기본적인 지식들만 가지고 있는 상태였다.

먹고 싸는 그런 것들 말이다.

막 태어나서 본능만 있는 아기와 같다.

연기는 아니다. 무영이 그를 구분하지 못할 리 없으므로.

그래서 일단 두기로 하였다.

악의는 없었고, 어쩌면 새로운 면모를 발견할지 모른다는 약간의 기대감도 있었다.

스노우를 제대로 아는 인물은 한 명도 없었으니까.

슈슝!

무언가가 바람을 가로지르며 날아들었다.

무영은 천천히 손을 들어 날아온 물건을 잡았다.

'화살.'

경고. 혹은 위협.

무영은 화살이 날아온 방향을 바라봤다.

본래라면 아무것도 보이지 않아야 하지만, 무영의 눈에는 훤히 보였다.

황금색 머릿결을 가진 다수의 엘프가 숲 속에 숨어 있었다.

엘프가 숲에 숨으면 어지간한 이들은 찾지 못한다.
엘프를 찾아낼 가장 쉬운 방법은 숲 자체를 태우는 것이다.
무영은 손을 들었다.
화아아아!
그러자 강렬한 불꽃이 무영의 손 위로 생성되었다.
비록 디아블로의 그것만은 못하지만, 나름 그 비슷하게 되도록 성심성의를 기울였다.
몇 개의 스킬을 조합하고 가브리엘의 깃털을 집어넣은 뒤 집어삼킨 근원의 불꽃을 분석해 만들어낸 무영만의 불.
이름하야 '거룩한 불꽃'이었다.
거룩한 불꽃은 순식간에 뻗어 나가 숲을 태웠다.
하지만 번지지 않았다.
정확히 엘프들이 있는 곳만을 둥그렇게 태웠다.
"이 힘은……!"
"화룡 놈들! 또 샨달톤 님의 부재를 노려서 공격한 것이냐!"
엘프들은 발가벗었다.
숨었던 나무가 타서 사라지고 자연 상태 그대로를 제외한 옷과 병기 등 역시 타버린 탓이다.
'화룡이라.'
무영은 피식 웃고 말았다.
용으로 착각을 받는 날이 오다니.
화룡은 성격이 괴팍하기로 유명한 종류의 용이다.

불을 다루고 보통 활활 타오르는 화산에 산다.

뚜벅!

무영은 걸었다.

정확히 그들의 앞에 가서 물었다.

"여기가 어디지?"

"알고 온 게 아니란 말이냐! 이곳은 샨달톤 님이 지배하시는 빛의 샘물! 화룡 따위가 설쳐도 될 공간이 아니다!"

샨달톤과 빛의 샘물.

들어본 것 같긴 한데 잘 기억이 안 난다.

과거에도 그다지 비중 있게 다뤄진 용과 공간이 아니기 때문이다.

마왕과 마신, 그리고 다른 모든 종족의 싸움에서 그다지 성의를 보인 용들은 없었다.

다 각기 따로 놀다가 격파당했다.

하여간 빛의 샘물이라면 자멸의 언덕과는 매우 멀다.

'차라리 군자성과 가깝겠군.'

'군자성(君子城)'은 대도시에 버금가는 거대한 성이다.

오대세가 중 무율세가를 제외한 모든 세가가 이곳에 있다고 보면 된다.

그 외에도 온갖 세가들이 군자성에 거점을 마련하고 있었다.

아그작!

그때였다.

스노우가 난데없이 나서선 말을 꺼낸 엘프의 목을 물어뜯었다.

"키헉!"

"빠! 빠!"

스노우는 매우 화가 나 보였다.

온 몸을 붙잡고 목을 집요하게 물어뜯는데 엘프가 감당하지 못할 수준이었다.

결국 무영이 억지로 떼어내고 나서야 엘프는 다음 말을 이을 수 있었다.

"……흐윽, 화룡 네놈들이 무엇을 원하는지는 모르겠지만 우리가 살아 있는 이상 샨달톤 님의 대지에선 아무것도 가져갈 수 없을 줄 알라!"

무영은 턱을 쓸었다.

화룡 '놈들'이라고 한다.

이곳을 방문한 화룡이 한두 마리가 아니란 뜻.

그렇다면 이곳에 화룡들이 바라는 무언가가 숨겨져 있다는 것이다.

'디아블로의 신전을 거쳐 이곳으로 왔다.'

무영은 집중했다.

하지만 디아블로의 기척은 느껴지지 않았다.

그러나 디아블로의 남은 잔재는 알 수 있었다.

'디아블로가 이곳을 거쳐 갔군.'

자멸의 언덕이 아닌 빛의 샘물로 무영이 이동한 경위다.
아무래도 무영은 앞으로도 디아블로와 많은 관계가 생길 듯싶었다.
또한, 화룡들이 노리는 게 디아블로가 남긴 '잔재'일 가능성이 높았다.
"빠!"
그 순간.
스노우가 무영의 등 뒤를 쿡쿡 찔렀다.
캬아아아아악!
등을 돌리자 거대한 불꽃이 무영을 덮쳤다.
하늘에서 화룡이 쏘아낸 거칠기 그지없는 불꽃이었다.
무영도 알고 있었다.
스노우가 눈치채고 경고하기 이전부터 화룡들의 출현을 본능적으로 감지하고 있었다.
이것도 디아블로의 불꽃을 흡수한 덕분일까?
파아아아악!
주변이 타올랐다.
무영은 그 중심에 있었다.
하지만 화룡이 쏘아낸 불길은 무영의 뒤로 닿지 않았다.
무영의 전신이 불꽃을 '빨아들이고' 있었던 탓이다.

〈'화염의 지배자'는 자신보다 약한 불을 섭취할 수 있습니다.〉

〈순수한 불꽃을 섭취할수록 순수능력치가 오릅니다.〉

〈사용자 '무영'이 화룡 '구르카'의 불꽃을 섭취합니다.〉

〈힘 능력치가 3 증가했습니다.〉

〈체력 능력치가 2 증가했습니다.〉

〈힘 능력치가 1 증가했습니다.〉

…….

화룡 구르카는 용들의 기준으로는 어린 편에 속했다.

덩치만 봐도 알 수 있었다. 하지만 그런 구르카의 불꽃도 능력치를 올리는데 도움을 주었다.

하지만 한계가 있었다.

몇 번 글귀가 더 떠오른 이후부터는 아무런 능력치도 오르지 않았던 것이다.

"화, 화룡이 화룡의 불길을 막은 건가?"

"저놈은 구르카……!"

엘프들은 기겁했다.

무영의 모습과 구르카의 난데없는 공격에.

실제로 용은 난폭한 존재가 많지만 나름 신중한 편이었다.

난데없이 공격을 가해오진 않는다.

아마도 무영이 가진 이질적인 기운이 구르카의 심기를 건드린 듯싶었다.

무영은 천천히 손을 내뻗었다.

구르카가 가진 불을 섭취했다.

살짝 입을 벌려 불꽃을 입 안에 담자 떫은맛이 느껴졌다.

'불의 맛이라.'

무영은 살짝 입꼬리를 말아 올렸다.

불에도 맛이 있을 줄이야.

하지만 구르카의 불은 떫다. 아직 덜 익었다.

게다가 불꽃을 섭취할 수 있다는 뜻은…….

'나보다 약한 불.'

화아악!

거룩한 불이 무영의 오른손에 생성되었다.

거룩한 불은 구르카의 불을 흡수해 주변에 둘렀다.

순식간에 덩치를 늘려갔고 그 상태로 무영은 거룩한 불을 구르카를 향해 던졌다.

캬아아악!

쾅! 쾅! 쾅!

화룡이라 하여 불만 내뿜는 건 아니다.

용들은 기본적으로 특화된 진정한 '마법'을 사용할 수 있었다.

불로 이루어진 그물이 화룡 구르카의 주변에 펼쳐졌다.

일종의 보호막이 거미줄처럼 수놓아진 것이다.

하지만 거룩한 불은 거미줄을 찢어 발겼다.

촘촘하고 강도 높은 거미줄이 침입자에 의해 순식간에 넝

마가 되었다.

화르륵!

이윽고 구르카의 날개에 거룩한 불이 옮겨졌다.

무영이 주먹을 펼치자 거룩한 불이 구르카의 전신을 태웠다.

카아아아아아아악!

"화룡이…… 불에 탄다고?"

"이런 말도 안 되는……."

지켜보던 엘프들이 눈을 동그랗게 떴다.

말을 잇지 못했다.

화룡은 불에서 태어난 존재다. 당연히 불에 대한 면역을 갖는다. 화산 하나를 점령하여 살아가며 그들 역시 불을 섭취하고 더 나아가 불을 생성해 낸다.

전신을 감싼 비늘은 특히 열에 강하다.

그럴진대.

쿵!

구르카가 지상에 떨어졌다.

죽지는 않았다.

다만, 끈덕지게 몸을 비틀며 비명을 내지르는 중이었다.

'어린 용이라 그런지 사냥도 어렵지 않군.'

현재 무영의 무력은 이미 인류 10강 수준을 넘어섰다.

용군주 한성. 그 정도만이 무영을 막아설 수 있을 것이다.

하지만 모든 걸 내보이고 싸웠을 경우 무영은 자신의 승률을 9할로 보았다.

아르키사와 한성이 함께한다면 반반.

하물며 구르카 정도의 어린 용은 10강이 아니어도 파티를 잘 짜면 사냥할 수 있을 수준이었다.

'본 드래곤도 만들 수 있겠어.'

무영은 여태껏 본 드래곤을 만들어 본 적이 없었다.

이대로 구르카의 생명을 빼앗고 뼈만을 취한다면 본 드래곤인들 만들지 못할 이유가 없다.

하지만 살짝 아쉬운 것도 사실이었다.

무엇이든지 '최초'로 만들면 그만한 추가 사항이 붙는 법이었다.

구르카는 용 치고는 어리다. 성장이 덜 됐다.

"빠!"

그때 스노우가 무영의 옆구리를 콕콕 찔렀다.

고개를 돌리자 스노우가 입가에 침을 흘리며 화룡 구르카를 바라보고 있었다.

'가루라는 용을 먹는다고 했었지.'

무영은 턱을 쓸었다.

어디까지나 이야기일 뿐이지만 가루라는 용을 먹는 존재다. 가루라의 전승자 역시 용과 밀접한 관계에 있을 수밖에 없다.

'화룡들이라 하였으니 실험용으로 한 마리쯤은 괜찮겠지.'

무영은 잠시 샘물에 기거할 예정이었다.

이곳에 남겨진 디아블로의 발자취를 찾아내고 쳐들어오는 화룡들을 사냥해 그중 제일 나은 걸 본 드래곤으로 만들 생각이었다.

또한…… 스노우의 진실된 존재가 궁금했다.

스노우는 무영과 마찬가지로 돌아온 존재다.

그래서일까.

스노우를 파고들면 어떠한 '진실'에 도달할 수 있을 것만 같았다.

무영은 고개를 끄덕였다.

"빼아!"

스노우가 싱글벙글 웃었다. 그러곤 구르카를 향해 달려 나갔다. 동시에 스노우의 등 뒤로 거대한 하얀색의 까마귀 형상이 떠올랐다.

다만, 머리와 날개만은 찬란한 황금빛이었다.

까마귀 형상의 그것은 튀어나오자마자 입을 벌려 구르카를 삼키려고 했다.

'가루라.'

그것을 본 무영은 침을 한 차례 삼켰다.

크기가 이야기보다 작긴 하지만 저 까마귀 안에는 분명한 '신격'이 담겨 있었다.

어쩌면 루키페르의 것보다 커다란.

그러니 무영으로선 가루라라 생각하지 않을 수가 없었다.

무영조차 읽지 못할 정도로 교묘하게 숨어 있었다.

그러나 화룡을 잡아먹으려 하자 거침없이 모습을 드러냈다.

저런 건 과거에도 본 적이 없다.

'이제는 단순한 전승자가 아니란 말인가?'

과거가 바뀌었고 스노우 역시 많은 부분에 있어서 변화점을 맞이했다. 진짜는 아니겠지만 가루라의 형상을 가진 힘을 얻은 것이다.

꿀꺽!

이어 가루라가 구르카를 삼켰다.

말 그대로 한입에 털어 넣었다.

"아악……!"

그러자 스노우가 자리에 주저앉아 비명을 내질렀다.

곧이어 등 부분이 꿈틀대며 무언가가 튀어나왔다.

작은, 붉은 날개 하나가 돋아났다.

'날개를 모두 잃은 게 아니었군.'

스노우는 다시 태어나며 날개를 잃었다. 아니, 잃은 줄 알았다.

하지만 구르카를 섭취하자 붉은 날개 하나를 띄웠다.

아무래도 용을 잡아먹을 때마다 저러한 날개가 나타나는

모양이었다.

고작해야 어른 팔뚝 정도의 크기였지만 놀라운 변화였다.

잠시 후 스노우가 자리를 털며 일어났다.

그러곤 무영을 바라봤다.

"빠아!"

언제 아팠냐는 듯 후다닥 다가와 무영의 옆에 섰다.

확실히 악의는 전혀 보이지 않았다.

아름과 요람의 정령과 동화되었기 때문인지 무한한 호의만 있을 뿐이었다.

적어도 아름과 요람의 정령은 믿을 수 있었다.

"당신은…… 당신들은…… 누구십니까?"

대표 엘프가 무영과 스노우를 번갈아 바라봤다.

하지만 방금 전과는 말투가 다르다. 더욱 공손해졌다.

화룡에게 불로 타격을 준 걸로도 모자라 잡아먹기까지 하였으니 그들로선 '압도적인 존재'로 볼 수밖에 없었다.

고대급의 용. 혹은 그와 비슷한 또 다른 무언가 말이다.

'이들은 디아블로에 관해 모르는 것 같다.'

알았다면 무영의 불을 보았을 때 반응이 있어야 했다.

그렇다는 건 이들은 디아블로에 대한 걸 전혀 모른다는 뜻.

직접 찾아보는 수밖에 없을 것 같았다.

무영은 짧게 답했다.

"한동안 이곳에 머물겠다."

그러곤 등을 돌려 숲으로 걸어 들어갔다.

순간 주변에 불타던 불꽃들이 다시금 무영에게 스며들어 왔다.

그것을 본 어느 누구도 무영의 대답에 토를 달지 못했다.

황금빛의 머리칼을 가진 엘프들이 커다란 집에 모였다.

그 숫자만 300가량.

하지만 분위기는 엄숙했다.

"고대의 화룡 아니겠습니까? 적어도 만 년 이상을 살아온…… 형태 변화 마법을 사용하고 있는 걸 보면 틀림없습니다."

한 엘프가 묻자 늙은 장로 엘프가 답하였다.

"모르겠구나. 진짜 그가 용이 맞는지. 하지만 샨달톤 님과 비슷할 수준의 순수성이 느껴지니……. 그가 화룡이라면 어째서 같은 화룡을 공격했는지도 의문이야."

"화룡들이 노리는 걸 그도 노리기 때문이 아닌지요? 아시다시피 용들은 어지간해선 잘 뭉치려고 하지 않습니다. 같은 종류의 용이라고 봐주고 하진 않아요."

"하지만 그들이 무엇을 노리는지 우리도 모르지."

그게 가장 큰 문제였다.

정작 자신들도 그게 뭔지를 모른다는 거.

알면 아는 대로 대비할 수 있을 텐데 모르니 그냥 무작정 싸우는 수밖에 없었다.

그때 다른 의견이 나왔다.

"차라리 그에게 줍시다. 우리는 모르지만, 그라면 찾아내겠지요. 그리고 그라면 다른 화룡들을 막아주지 않겠습니까?"

장로가 눈을 감았다.

"화룡은 이기적인 존재다. 언제 이곳을 불바다로 만들지 몰라."

"그러니까 이곳을 태우면 안 되는 장소라고 알려야지요."

"어떻게 말이냐?"

"이곳에 있으면 즐겁다는 인식을 주는 겁니다. 샨달톤 님이 돌아오실 때까지라도 우리가 그를 섬기는 척하면……."

파격적인 의견이었다.

장로는 끄응거리며 팔짱을 꼈다.

최악을 막기 위해 차악을 선택하는 꼴이었다.

엘프가 장로를 설득했다.

"그나마 우리가 여태껏 버틴 건 샨달톤 님의 축복과 빛의 샘물이 있어서입니다. 그러나 이대로는 둘 다 잃습니다. 샨달톤 님은 자신의 대지를, 저희도 천 년 넘게 일궈온 터전을 잃게 되겠지요. 잠시만. 정말 잠시만 자존심을 버리면 둘 다 지킬 수 있습니다."

"이건 내가 독단으로 결정할 문제가 아닌 것 같구나."

장로가 끝내 고개를 저었다.

그러곤 무겁게 입을 열었다.

"모든 엘프를 모아라. 지금부터 투표를 시작할 것이다. 그를 섬길 것이냐, 아니면 적대할 것이냐는 그 이후에 논하겠다."

빛의 샘물 주변에 기거하는 황금빛 엘프는 그 숫자만 4천에 달한다.

그러나 그들은 어느 때보다 신속하게 투표를 진행했다.

반나절 만에 결과가 나오고 결단을 내린 것이다.

무영에게 주어진 저택은 커다란 나무를 엮어 만든 집이었다. 안은 깨끗했고 푹신한 침대와 갖가지 장식들이 수놓아져 있었다.

무영은 가장 먼저 침대 위에 자리를 잡고 앉아 상태창 시계를 만졌다. 그동안의 변화를 확인하기 위함이다.

가장 먼저 디아블로의 불꽃을 흡수해 얻은 전승 효과였다.

전승 효과 –〉

화염의 지배자(S++, 모든 순수 능력치+40)

'좋군.'

무영은 고개를 끄덕였다.

S랭크 이상은 구하는 게 거의 불가하다.

하물며 전승 효과는 더욱 그렇다.

그런데 ++가 더 붙었다. 이는 그냥 S랭크와도 비교가 불가한 수준이었다.

순수 능력치를 올려준다는 건 그만한 의미가 있었다.

하지만 변한 건 이뿐이 아니다.

나머지를 확인하고자 무영은 상태창 시계를 돌렸다.

직업 효과-〉

데스 로드(Lord class)

킹슬레이어(Lord class)

대천사(Lord class)

능력치-〉

힘 540(325+215)

민첩 537(333+204)

체력 510(340+170)

지능 539(284+255)

지혜 500(315+185)

투기 375(215+160)

마법 저항 565(165+400)

망혼력 450(300+150)

악성향 510(360+150)

진·신성력 544(444+100)

진·화속성 490(390+98)

종합 레벨: 542

특이사항: 루키페르의 힘이 봉인되어 있습니다. 가브리엘의 힘을 계승했습니다. 무영검을 만들고 있습니다. 신을 죽이는 창이 심장에 새겨져 있습니다.

그냥 화속성도 아닌 진 · 화속성!

신성력에도 그와 같은 이름이 붙었다.

무영은 슬며시 웃었다.

여타 다른 화속성, 신성력보다 무영이 가진 것이 더욱 순수하기 때문에 저런 이름이 붙은 듯싶었다.

가브리엘의 신성력과 디아블로의 불꽃을 먹어치우며 생겨난 화속성은 확실히 같은 선상에 놓기엔 전혀 다른 힘이었으므로.

주요 능력치 모두 500을 넘겼다.

그나마 마음에 걸리는 건 루키페르의 힘이 봉인되어 있다는 것.

'루키페르의 힘을 온전히 흡수할 수만 있다면…….'

루키페르가 가진 반신격은 무영으로서도 탐나는 것이었다.

그 방대한 힘을 흡수하면 아르키사와 용군주가 함께 덤벼도 온전한 승리를 장담할 수 있다. 그 정도로 루키페르의 힘은 대단했다.

무영이 강해지면 강해질수록, 루키페르의 힘이 피부로 느껴지는 중이었다.

하지만 루키페르는 침묵했다.

가브리엘의 힘을 얻은 무영을 루키페르로선 어찌할 방도가 없기 때문이다.

그저 자신의 힘을 지키는 데에 전전긍긍하고 있었다.

'하지만 그것도 시간문제다.'

멀지 않은 미래에 무영은 루키페르의 힘마저 다룰 수 있으리라고 장담하였다. 신성력이 강해지고 무영의 영혼이 견고해질수록 놈의 입지는 점점 사라진다.

그러니 루키페르는 침묵을 깨고 선택해야 할 것이다.

무영과 협조할지, 아니면 영혼마저 잃어버릴 것인지.

무영은 자리에서 일어났다.

주변으로 수많은 인파가 모여들고 있었다.

'엘프들의 기척.'

족히 사천 이상!

그만한 숫자가 무영이 머무는 집 주변으로 모여들었다.

숨으려는 생각도 하지 않았다.

대놓고 주변을 둘러싼 것이다.

혹시 무영을 적대하기로 한 것일까?

확실히 황금빛 엘프들은 약하지 않다. 사천 정도 모이면 어지간한 화룡 하나쯤은 죽일 수도 있을 것이다.

그러나…… 자신을 적대하는 선택을 했다면 정말 멍청하다고밖엔 할 말이 없다.

무영이 보인 신위는 '어지간한 화룡 하나쯤' 죽일 수 있는 힘으로는 어찌할 수 없다.

그것을 저들도 충분히 보았을진대.

무영은 가볍게 문을 열었다. 그러자 눈앞에 장관이 펼쳐졌다.

모든 엘프가 하나둘 무릎을 꿇기 시작했다. 그리고 유일하게 흰 머리가 난 장로가 무영에게 다가와 가장 앞에 꿇었다.

"우리 일족은 당신을 섬기기로 결정했습니다. 부디 당신의 이름을 알려주십시오."

무언가 분위기가 무겁다고 했더니 이런 것이었던가?

무영은 흥미롭게 장로를 바라봤다.

난데없이 섬기겠다고 나선 건 아닐 터.

장로의 눈을 보면 그 안에 담긴 연륜과 지혜를 엿볼 수 있다. 그저 힘에 매료된 게 아니다. 이건 말하자면 거래다.

무영은 처음에 그들을 죽이지 않은 걸 보고 이런 선택을 내린 것이리라.

처음에는 마냥 이득에 따라 죽였으나, 이제 무영은 자신을 적대하지 않는 이상 적당한 관용은 베풀 줄 알게 되었다.

"무영."

"무영 님, 혹시 당신은 고대급의 용이십니까?"

용. 용이라!

하기야 무영이 보인 힘을 보면 저런 착각을 하는 것도 당연하다.

어차피 한동안은 머물러야 하는 장소다.

게다가 화룡을 사냥하는 데 괜한 방해를 받고 싶지도 않았다.

"마음대로 생각하라."

저들이 무영을 어떤 식으로 생각하든 상관없다.

무영은 누군가의 시선에 흔들리는 자가 아니다.

철저하게 자신만의 길을 걷는 자이지.

"소개가 늦었습니다. 마을의 장로인 데스터라고 합니다. 혹여나 부족한 게 있다면 말씀만 하십시오. 저희가 모든 걸 구해보이겠습니다."

나름 열과 성이 느껴진다.

이렇게까지 말하는데 마냥 무시하기도 그랬다.

'불멸왕의 장비를 만들 재료.'

월하와 도플갱어를 상대하며 얻은 불멸왕의 정수가 있었다.

하지만 정수만 있을 뿐 아직 토대는 완성되지 않았다.

완성시킬 재료도 마땅치 않았다.

물론 용의 뼈와 심장이면 충분하다지만 무영은 더욱 욕심을 내기로 하였다.

"빛의 샘을 관장하는 하이엘프가 있을 것이다."

다 알고 왔다는 듯 이야기했다.

하이엘프는 신성한 존재. 엘프들의 정신적 지주와 같다.

그들은 달의 축복을 받았다고 하여 몸에 달문양의 문신이 새겨져 있었다.

하지만 숫자가 매우 적어 엘프들은 반드시 하이엘프를 보호한다.

장로는 얼굴마담일 뿐이다.

진정한 지도자는 하이엘프였다.

만약 장로가 여기서 고개를 젓는다면 억지로 찾아낼 수밖에 없었다.

그러나 장로는 그러지 않았다.

"있습니다."

당황하거나 놀란 기색 없이 담담하게 말했다.

예상대로다. 무영은 고개를 주억거렸다.

"데려오라."

무영이 말하자 장로가 뒤에 있는 엘프에게 눈치를 주었다.

뒤에 있던 엘프가 즉시 일어나선 빠르게 어딘가로 사라졌다.

'그나마 빛의 샘이 알려지게 된 계기가 하이엘프지.'

빛의 샘. 그리고 빛의 용 샨달톤.

모두 과거에는 그다지 알려지지 않았다.

그냥 어딘가에서 우연히 흘려듣는 수준 정도.

하지만 그렇게나마 알려지게 된 건 모두 빛의 샘을 관장하는 하이엘프 덕이었다.

모험자 한 명이 커다란 상처를 입고 빛의 샘 근처에 쓰러졌는데, 웬 하이엘프 한 명이 다가와 물약을 먹였다는 것이다.

그런데 그 물약이 평범한 게 아니라 엘릭서였다.

엘릭서.

죽지만 않으면 살릴 수 있다 전해지는 치료제이고 보물 중의 보물!

더욱 놀라운 건 하이엘프가 엘릭서를 몇 병이나 가지고 있다는 점이었다.

모험가는 탐욕이 들었지만 달의 문신이 새겨진 위치를 보고 포기했다고 한다.

"아인이라고 합니다."

점잖게 고개를 숙이는 아름다운 여인.

그녀의 이마에 달의 문양이 새겨져 있었다.

달문양의 문신이 머리에 가까울수록 강력한 하이엘프라는 뜻이었다.

그만한 축복을 부여받았으니 강할 수밖에.

무영도 살짝 의외라는 눈으로 자신을 아인이라 소개한 여인을 바라봤다.

"여태껏 이곳이 안전했던 이유가 너 때문이었군."

화룡들은 성격이 급하다.

진즉에 이곳이 쑥대밭이 되었어도 이상할 게 없다.

그들에게 존중은 없었고 샨달톤의 대지라 하여 놔둘 리도 만무했으니.

하지만 그 이유가 눈앞에 있었다.

아인. 그녀는 고위급의 하이엘프였다.

충분히 화룡과도 싸울 만한 존재!

물론 아르키사와 같은 고대 용종에겐 상대도 안 되겠지만 엘프들과 아인이 힘을 합치면 무영이 쓰러뜨렸던 화룡 정도는 어렵지 않게 상대할 수 있을 것이었다.

"제 힘은 모두 소진되었습니다. 기껏해야 한두 번을 더 막는 게 고작이겠지요."

아인이 자신의 문양을 가리켰다.

문양이 거의 빛을 잃었다. 달빛을 받아 회복되는 힘보다 소진되는 힘이 크다는 방증이었다.

그러곤 정색하며 말했다.

"무영 님께서 저에게 바라는 게 있다고 들었습니다."

아인이 무영을 쳐다봤다.

다른 엘프들조차 범접할 수 없는 고귀함.

보통의 사람이라면 눈을 마주치는 것도 힘들었을 테지만

그것은 무영의 눈빛 역시 마찬가지였다.

"'달의 축복을 받은 가죽'과 그 가죽으로 만든 옷이 몇 벌 필요하다. 네가 직접 만들어주었으면 좋겠군."

갑옷에 덧댈 가죽으로 이만한 게 없다.

달의 축복. 하물며 아인 정도의 하이엘프라면 그 축복의 농도 자체가 다를 터.

달 역시 음의 힘이니 불멸왕의 힘과 잘 맞았다.

하지만 이는 굉장히 무례한 말이기도 했다.

엘프는 본래 남의 옷을 짜지 않는다.

평소엔 자신의 것만을 만들다가 평생을 함께하기로 약속한 엘프나 자식들의 옷만을 짜기로 유명했다.

"그건…… 안 됩니다."

장로가 나섰다.

무영은 눈살을 찌푸렸다.

"너한테 말한 게 아니다. 또한 이건, 부탁이 아니다."

무영의 전신에 불꽃이 피어올랐다. 이어 강력한 살기가 주변을 감돌았다.

"커헉……."

"끄으윽."

엘프들이 가슴을 부여잡으며 하나둘 쓰러졌다.

하지만 무영의 눈은 오로지 아인만을 바라보고 있었다.

이윽고 아인이 답했다.

"알겠습니다. 제가 직접 옷을 짜드리겠습니다."

"아인 님!"

"장로, 괜찮습니다. 그저 옷을 짤 뿐인 것이니까요. 그는 엘프가 아니지 않습니까?"

아인도 이 일에 크게 의미를 부여하려 하지 않았다.

이러한 전통은 같은 엘프에게나 통하는 것이다.

무영은 엘프가 아니고, 고로 전통의 대상도 아니라는 의미였다.

어떤 해석을 늘어놓던 무영은 딱히 상관이 없었다. 그저 불멸왕의 장비를 만들 재료만 만들어주면 그만.

무영은 불을 다시금 흡수했다. 살기도 죽였다.

그제야 엘프들이 숨을 쉬었다.

"하지만 그러기 위해선 무영 님의 치수를 재야합니다. 제가 무영 님의 신체를 잠시 만져도 괜찮을 지요?"

"그러도록."

"그럼 필요한 것들을 준비한 뒤 찾아가겠습니다."

무영은 고개를 끄덕였다. 그러곤 몸을 돌려 다시금 집 안으로 들어갔다.

엘프들은 최대한 무영의 안식을 위해 힘썼다.

화룡들도 매일 쳐들어오는 게 아니었다.

덕분에 무영은 본의 아닌 휴식을 취하는 중이었다.

탁.

무영은 빛의 샘에 낚싯줄을 던졌다.

'낚시라니.'

대나무로 만든 낚싯대를 걸어두고 잠시 생각에 잠겼다.

사람이 아닌 진짜 물고기 낚시다.

기억상에선 한 번도 해본 적이 없는 일.

아인이 치수를 재고 가죽을 만드는 사이, 달의 축복을 내릴 때 제물이 필요하다며 무영에게 이와 같은 부탁을 해온 것이다.

'빛의 샘은 잡는 사람에 따라 낚이는 물고기가 다르다.'

진짜인지는 모르겠다.

한 번 정해지면 계속해서 그 물고기만 낚인다고.

하여 무영만의 물고기를 낚을 필요가 있었다.

마음 같아선 샘물을 강하게 친 뒤 죽은 물고기를 건지고 싶지만, 물고기는 엄연히 '제물'로 필요한 것이었다.

무영의 파동과 맞는 물고기를 구해야만 했다.

하지만 아무리 시간이 지나도 낚싯대는 흔들릴 생각을 하지 않았다.

무영이 흘리는 기운 때문일까?

하지만 무영은 겉으로 보기엔 지극히 평범하다.

굳이 힘을 흘리지 않으면 누구도 무영의 진면목을 알아볼 수 없다.

물고기라고 다르지 않았다.

때문에 무영은 몇 시간째 같은 자리에 앉아서 낚싯대만 바라보고 있었다.

"빠! 빠아!"

스노우가 옆에서 장난을 쳐왔다.

꽃을 엮어 왕관을 만들더니 무영의 머리 위에 씌운 것이다.

동시에 스노우의 근처로 나비들이 몰려들었다.

그중 몇 마리 나비가 무영이 쓴 왕관 위에 앉았다.

'허…….'

무영은 이 현상이 자못 신기했다.

보통이라면 살기 때문에 어떠한 생명체도 무영의 곁으로 다가오려 하지 않는다. 아무리 기운을 감춘다고 하더라도 작은 벌레들은 무영을 피했다.

하지만 이제는 그저 의식하지 않아도 숨겨진다.

나비가 다가와 머리 위에 앉은 걸 보면 확실히 그런 모양이었다.

〈'평온함'을 얻었습니다.〉

〈억눌려 있던 능력치가 회복되기 시작합니다.〉

〈체력이 '1' 상승했습니다.〉

억눌려 있던 능력치?

무영은 잠시 갸웃하다가 곧 깨달았다.

'그동안 너무 달렸던가.'

그저 미친 듯이 달리기만 했다.

덕분에 그 이상으로 강해졌지만 아무래도 휴식이 필요하긴 한 듯싶었다.

하지만 이런 식으로 쉬어본 기억은, 적어도 되돌아온 뒤엔 없었다.

무영은 짧게나마 이 휴식을 즐기고자 하였다.

'어렵군.'

하지만 왠지 가만히 있으니 초조함이 든다. 휴식조차 제대로 즐길 수 없는 것인가 생각하니 웃음이 나왔다.

그와 동시에.

치르릉!

낚싯대가 흔들렸다.

무영은 재빨리 낚싯대를 들었다.

'크다.'

물고기의 크기가 낚싯대를 들어 올린 순간부터 느껴졌다.

묵직한 느낌.

쿵! 쿠르릉!

이윽고 낚싯대를 들어 올리자 물고기의 거대한 동체가 무영의 옆으로 쓰러졌다.

그 크기가 어찌나 큰지 길이만 족히 20m는 나가 보일 법하였다.

〈빛의 샘의 수호자 '발랑도르'를 낚았습니다.〉

거대하기 짝이 없는 동체.

무영이 아니었다면 조잡한 낚싯대로는 결코 낚을 수 없는 대어다.

나뭇잎을 타고 강물을 떠다니는 기술처럼 절묘하기 짝이 없는 힘 조절이 생명인 일이지만, 무영에겐 숨 쉬는 것처럼 간단한 일이었다.

'빛의 샘의 수호자 발랑도르.'

하지만 무영의 관심을 끈 건 눈앞에 떠오른 글귀였다.

빛의 샘의 수호자라니.

빛의 샘에선 자신과 파장이 맞는 물고기만 낚이는 게 아니었던가?

아니면 무영을 감당할 정도의 어류가 이놈밖에 없다는 뜻일 터.

혹시 몰라 한 번 더 낚싯대를 던지니, 순식간에 입질이 왔다.

〈'발랑도르의 새끼'를 잡았습니다.〉

발랑도르 다음은 녀석의 새끼였다.

새끼는 무영의 어깨 정도까지밖에 안 오는 크기였다.

끔뻑! 끔뻑!

발랑도르가 입을 쉴 새 없이 끔뻑거렸다.

새끼를 잡자 움직임이 더욱 격해졌다.

어류 주제에 이름이 있는 것도 놀랍지만, 수호자라.

무영은 새끼를 풀어주는 대신 말했다.

"네가 제물이 되어주어야겠다."

수호자이니 뭐니 해도 잡힌 이상 제물일 따름이다.

달의 축복을 위해 바쳐질 종류가 이만하다면 나름 기대해 볼 만도 하였다.

꾸어어어어!

발랑도르가 몸을 뒤척여 다시 샘으로 들어가려고 했다.

발악과 같은 수준.

하지만 크기가 커서 그런지 땅이 들썩였다.

'기절시켜서 데려가야겠군.

무영은 가볍게 주먹을 쥐고 발랑도르의 옆구리를 때렸다.

쿠우웅!

발랑도르의 옆구리가 움푹 들어갔다. 동시에 발랑도르가 축 늘어졌다.

무영은 발랑도르의 꼬리를 잡았다.

저벅!

그러곤 바닥을 질질 끌며 이동하기 시작했다.

꿀꺽!

아인이 눈을 동그랗게 뜬 채 고개를 높이 들었다.

발랑도르를 보는 아인의 눈이 믿기지 않는다는 듯 흔들리고 있었다.

그것은 주변의 다른 엘프들도 마찬가지다.

"발랑도르 님……!"

"맙소사! 샘의 수호자께서!"

엘프들은 발랑도르에게 '님'이란 글자를 붙여가면서까지 높였다.

이유는 간단했다.

발랑도르는 수백여 년 전 산달톤이 이곳에 둥지를 트기 전부터 샘에서 살아왔던 것이다. 가장 오래된 어류이고 누구도 잡지 못한 신비였다.

하여 엘프들은 한 번씩 샘물에 기도를 할 때 발랑도르에게 먹이를 바치는 식으로 진행하곤 했었다.

그런데 지금, 그 신비가 깨졌다.

누구도 잡을 수 없었고 잡으려고 했다가 도리어 잡아먹힌 이만 백을 헤아릴 수준이었던 신비가 지금 민낯을 만천하에 보이고 있는 셈이다.

"어, 어떻게 잡으신 거죠?"

어떻게 잡았느냐니.

무영은 낚싯대를 건넸다.

"이 낚싯대 잡았다고요? 그게 가능할 리가……."

하이엘프인 아인은 여전히 믿지 못하는 눈초리였다.

무영이 억지로 발랑도르를 낚아냈다고 생각하는 걸까?

설명하는 것보단 행동으로 보여주는 게 낫다.

낚싯대를 다시금 든 다음 강하게 던졌다.

그러자 퍼석! 소리와 함께 반대편에 있던 바위가 꿰뚫렸다.

"요는 힘의 이동과 균형이다."

힘의 이동과 균형은 무영이 가장 자신 있어 하는 분야다.

그것을 잘해야 몸을 숨기고 기척을 지우는 것도 잘할 수 있으므로.

하지만 아인은 여전히 대답을 할 수 없었다.

그녀 역시 무영이 마력을 사용하거나 다른 마법을 사용한 게 아니란 것을 안다.

대나무 재질의 낚싯대가 커다란 바위를 꿰뚫고 반대편으로 튀어나왔다. 상식적으로는 있을 수 없는 일이었다.

무영은 살짝 미간을 찌푸리며 발랑도르를 가리켰다.

"제물."

"수, 수호자님을 제물로 바칠 수는 없습니다.
"내가 잡아온 것을 너는 제물로 바치겠다고 했다."
"분명히 그런 말은 했습니다만…… 이건 경우가……."
모든 산과 강 등에는 주인이 있다.
발랑도르는 이곳 빛의 샘의 주인이었다.
샨달톤이 그 자리를 빼앗기는 했지만 그렇다고 달라지는 건 없었다.
그리고 빛의 샘 주변에서 살아가는 엘프들의 특성상 발랑도르에게 고마움을 표하진 못할망정 죽여서 제물로 바칠 순 없다는 입장인 듯싶었다.
물론 그런 의식 자체를 존중해 줄 생각은 있지만 그것을 무영에게까지 강요할 순 없는 법이었다. 무영의 입장에서 발랑도르는 그냥 조금 큰 물고기일 뿐이었으니까.
"놈의 새끼가 이미 샘에 있다. 발랑도르가 안 된다면 새끼를 죽여야겠군."
이게 최대한의 절충안이었다.
발랑도르가 수호자라면 새끼는 그냥 조금 큰 물고기다.
하지만 역시 도의적으로 걸린다.
엘프들은 이도저도 못하고 있었다.
꾸어어어어어!
그때 깨어난 발랑도르가 크게 울부짖었다.
"수호자께서 자신을 제물로 바치라 하셨습니다."

한쪽 귀를 쫑긋 세우던 아인이 입을 열었다.
무영은 피식 웃으며 말했다.
"알아들은 건가?"
"정신 교감입니다."
정신 교감. 상대방에 대한 이해와 같은 것이었다.
하이엘프는 공감 능력이 높다. 상대의 모든 걸 받아들이기에 대부분 일찍 죽는다. 숫자가 적은 이유이기도 했다.
보통은 사람이나 짐승에 국한되는 경우가 많은데 아인은 어류의 정신마저 교감이 가능한 것 같았다.
"나머진 알아서 진행하라."
무영은 등을 돌렸다.
이제 디아블로의 발자취를 더듬어 볼 때였다.

샘을 한 바퀴 돌았다.
하지만 디아블로의 발자취라 할 만한 기운은 느껴지지 않았다.
'나는 못 느끼지만 화룡들은 느낀단 말인가?'
여태껏 아인과 엘프들의 힘으로 화룡을 막았다.
하지만 화룡들은 끊임없이 샘을 노리고 공격해 왔다.
명확하게 노리는 게 있다는 뜻.
그리고 그것은 디아블로와 관계된 것일 확률이 높았다.
하지만 화룡들만 마냥 기다리고 있을 수도 없는 노릇이었다. 간만의 휴식은 분명히 좋지만 무영에게 휴식은 사실상 고문과 같았다.

"빠!"

스노우는 무영의 주변을 껑충껑충 뛰어다녔다.

어린 화룡 하나를 잡아먹은 뒤 스노우는 더욱 활기를 띠었다. 돋아난 붉은 날개가 유독 눈길을 끌었다.

"화룡들이 무엇을 찾고 있는지 아느냐?"

스노우는 화룡을 먹었다.

어쩌면 화룡들이 찾는 게 무엇인지 알 수도 있었다.

하지만 묻는 기색이 살짝 어색했다.

스노우를 어찌 대해야 할지 감이 좀처럼 잡히지 않았던 탓이다.

당연히 크게 기대는 하지 않았다.

다시 태어난 이후 스노우는 모든 게 초기화되었다. 기억도, 언어 능력조차 정상적이지 않았다. 무영의 말도 제대로 알아듣지 못할 때가 부지기수였다.

갸우뚱!

스노우가 잠시 멈춰 섰다.

"빠! 빠아!"

그러더니 무영의 손을 붙잡곤 이동하기 시작했다.

'알아들은 건가?'

무영은 일단 스노우의 장단에 맞춰 발을 놀렸다.

화룡 무스펠은 본능적인 이끌림에 따라 빛의 샘 근처에 둥지를 틀었다.

자신을 이끄는 이끌림. 비단 무스펠만이 아니었다.

이 주변에 모인 화룡의 숫자만 해도 열이 넘는다.

그들 역시 무스펠처럼 본능에 따라 빛의 샘 근처로 당도한 것이다.

하지만 무스펠은 최대한 본능을 자제했다.

다른 용들보다 제법 나이가 있었던 탓이다.

그는 수천 년을 살아온 성룡이었다.

게다가 빛의 샘엔 보다 신중하게 다가갈 필요가 있었다.

'그 정도의 하이엘프가 있을 줄이야.'

빛의 샘에 있는 하이엘프는 강력하다. 어지간한 용 하나로는 부족하다.

하지만 용들은 잘 뭉치지 않는다. 모두가 각기 존재하며 따로 움직인다.

힘을 합쳤다면 진즉에 빛의 샘을 정복하고도 남았으리라.

하지만 그럴 생각 자체가 전혀 없었다.

'얼마 전엔 어린 화룡 하나가 죽었지.'

그중 하나가 얼마 전 빛의 샘에서 당했다는 걸 화룡들은 모두 알고 있었다.

엘프들이 죽인 것인지 다른 게 있는 것인지는 모르겠지만 이는 중요한 정보다.

하여 무스펠은 주변의 괴물들을 모았다.

그렇게 모은 숫자가 어느덧 기천에 달했다.

'고작 엘프들 따위를 상대하는데 자존심이 상하지만…….'

무엇이 자신을 이끄는지 무스펠은 확인하고 싶었다. 그러기 위해선 약간의 자존심은 접을 줄도 알아야 했다.

머리가 있는 화룡이라면 무스펠과 같은 방식을 취하리라.

'이 정도 숫자면 엘프들 따윈 일거에 쓸어버릴 수 있다.'

무스펠은 흐뭇했다. 어쨌거나 전력을 모았고 다른 화룡들보다 먼저 성과를 낼 것이었다.

키에에엑!

취이이익!

그때였다.

멀리서 괴물들의 비명 소리가 들렸다.

무스펠이 날개를 펼쳤다. 그리고 둥지를 뛰쳐나와 비명의 진원지로 다가갔다.

'저건?'

"빠! 빠!"

짝짝짝!

소녀가 박수를 쳤다.

웬 인간 남자 한 명이 검을 들고 괴물들을 학살하는 중이었다.

'놈……!'

겨우 모은 괴물들이다.

말 그대로 주변을 싹 긁어모았다.

엘프들을 상대해야 할 괴물들이 웬 정체 모를 인간에게 죽어 나가고 있는 것이다.

무스펠로선 화가 나지 않을 수가 없었다. 게다가 그는 화룡이었다. 한 번 화가 나면 풀어야 했다.

화르르르륵!

거친 불의 숨결을 내뱉었다.

수천 년을 산 무스펠의 숨결은 산조차 지워 버릴 수 있었다.

'이런, 너무 흥분했다.'

문제는 그 덕에 주변의 괴물들도 휩쓸려 버렸다는 점이다.

족히 일백에 달하는 괴물이 뼈만 남긴 채 타버렸다.

하여간 무스펠이 침입자를 격퇴했다 여기고 다시 둥지로 돌아가려는 찰나였다.

"나를 디아블로가 아니라 화룡에게 안내했군."

무스펠이 불길 속을 바라봤다.

남자가 손을 뻗자 무스펠의 불길이 모조리 손으로 빨려 들어갔다.

무스펠의 눈엔 보였다. 자신의 불꽃이 마치 영양분처럼 흘러들어가 힘이 되는 모습이.

감히 다른 불도 아닌 자신의 불을 흡수하다니!

캬아아악!

무스펠이 열을 올렸다. 괴성을 내지르며 다시금 숨결을 내뱉었다.

이번엔 인정사정 봐주지 않았다.

최대 출력!

정말로 산을 날려 버릴 힘이 숨결에 담겨 있었다.

"맛있군."

하지만 남자는 멀쩡했다. 멀쩡한 걸로도 모자라 불에 혀를 대고 맛을 품평했다.

맛있다?

아프다, 무섭다, 이런 게 아니라 맛있다?

무스펠은 기가 찼다. 자존심이 팍 상했다.

'저놈은 뭐지?'

처음 겪는 일.

수천 년을 살면서 자신의 불을 맞고 멀쩡한 놈은 거의 없었다.

하물며 그 불을 흡수까지 한 놈은 더더욱 없었다.

이윽고 인간 남자가 무스펠을 바라보며 말했다.

"화룡 사냥도 나쁘진 않지."

남자가 입맛을 다셨다.

동시에 남자가 뛰어올랐다.

아니, 뛰어올랐다고 생각한 순간 무스펠의 옆에 있었다.

회색의 날개 세 쌍이 빛을 뿌리며 펼쳐졌다.

퍼억!

무스펠의 동체가 크게 흔들렸다.

아프다!

신체가 비명을 내질렀다. 비늘이 뜯겨지고 살이 파였다. 한 차례 맞았을 뿐인데 힘의 격차가 느껴졌다.

'인간이 아니다!'

인간인 줄 알았으나 날개가 돋은 걸 보면 결코 인간은 아니다.

남자는 그 무엇도 아니었다. 무엇인지 감조차 잡히지 않았다.

하지만 무스펠의 안에 있는 불들이 떨어댔다.

급히 마법을 부려 수만 개의 불꽃을 주변에 띄웠다.

닿는 순간 폭발하며 신체를 찢는 불의 폭탄!

이 불들은 무스펠의 특기다. 수많은 불의 폭탄을 뚫고 들어온 적은 없었다.

한데, 남자는 겁 없이 주변을 돌던 불꽃 하나를 손에 쥐었다.

그리고 그대로 삼켰다.

꿀꺽!

"이 불꽃은 꼭 쉰 김치 맛 같군."

불꽃이, 터지지 않는다.

삼킨 즉시 영양분이 되어 그대로 소화됐다. 거기서 한발 더 나아가 자신의 불을 먹으면서 맛을 품평한다. 쉰 김치가 뭔지는 모르겠지만 듣도 보도 못한 일이었다.

미지는 공포다. 무스펠은 기억도 안 날 정도로 오랜만에 두려움을 느꼈다.

그래. 마치 남자는 불 그 자체인 것 같았다.

화룡인 자신보다 더욱 그 본질에 근접한 느낌이었다.

무스펠은 날개를 펼친 채 그대로 도망가기 시작했다.

무스펠은 경악했다. 속도조차 상대가 되지 않는다. 자신의 장기도 전혀 통하지 않았다.

지금의 무영은 화룡들의 천적과도 같았다.

압도적인 동체의 크기가 가진 힘 자체보다도 무영의 작은 체구에서 뿜어져 나오는 힘이 더욱 크다.

게다가 지고지순한 불꽃이 아니면 무영에겐 전혀 타격을 못 준다.

'이놈은 위험한 놈이다.'

그야말로 화마(火魔)다. 화신(火神)일지도 모른다.

용의 불은 그 지순함에 있어서 어느 것에 비할 바가 안 되지만 하필 상대가 무영인 것이 잘못이었다.

한 번도 경험하지 못한 적!

위험을 느낀 무스펠이 심장을 쥐어짰다.

용의 심장엔 힘이 담겨 있다.

그것은 용의 근원과도 같은 것이었다.

하물며 무스펠 정도 되는 용이 심장의 힘을 쥐어짜내면 그 파괴력은 상상을 초월한다.

꿈틀!

무영의 전신으로 잠시간 소름이 돋았다. 이번 불꽃은 직격으로 맞으면 위험하다고 본능이 말해주고 있었다.

하지만 무영은 도리어 입가에 미소를 떴다.

'무슨 맛일지 궁금하군.'

쥐어짜내는 힘이다. 심장의, 전신의 세포 하나하나까지 일깨워 무영에게 맞서려고 하고 있었다.

그런 불꽃은 무슨 맛일까?

무영은 미식가가 아니지만 문득 궁금증이 들었다.

이런 경험 자체가 생소했던 탓이다. 그리고 이러한 생소함을 무영은 나쁘게 보지 않았다. 오히려 하지 못한 많은 경험이 '무영검'을 만드는 데 도움을 준다.

쿠와아아아아아앙!

무스펠이 강렬한 불길을 쏘아냈다.

불꽃이라기보단 차라리 광선에 가깝다.

하늘이 요동쳤고 구름이 꿰뚫리며 무영에게 당도했다.

'직격으로 맞는 건 위험하겠지만…….'

요는 직격으로만 안 맞으면 된다는 말.

무영은 '거룩한 불꽃'을 태웠다. 이어 자신의 주변을 순환시켰다.

불은 불을 끌어당긴다.

맞불을 놓는 셈.

〈'가시화' 스킬을 사용했습니다.〉

〈모든 저항력이 크게 상승합니다.〉

〈대신 민첩이 크게 깎입니다.〉

그로도 모자라 무영은 '가시화' 스킬을 사용했다.

가시화는 민첩함을 잃는 대신 물리 저항과 마법 저항을 크게 올려주는 스킬이다.

이후 가브리엘의 날개로 자신을 감쌌다.

쿠와아아아아앙!

화룡 무스펠은 끊임없이 불꽃을 뿜어댔다.

그러나 무영도 밀리지 않았다. 일직선으로 날아가던 불꽃이 무영에게 막혀 두 갈래로 나뉘었다.

조금씩 과열되고는 있었지만 버티지 못할 수준은 아니었다.

'맛있군.'

무영은 그 사이에서 무스펠이 쏜 불의 맛을 음미하는 중이었다. 조금씩 신체에 무리가 오지만 무스펠의 불을 맛본 순간 모든 걱정 같은 것들이 한 번에 잊혀졌다.

게다가 피부가 불꽃을 흡수해 쪼그라들고 팽창하길 반복

했다. 놀랍게도 무스펠의 진짜 불꽃은 훈제한 돼지고기 맛이었다. 그것도 무척이나 배가 고플 때 먹는 정도의 황홀함이 있었다.

〈불의 맛을 음미할 수 있게 되었습니다.〉
〈순수 힘이 '5' 상승했습니다.〉
〈순수 체력이 '8' 상승했습니다.〉
〈맛에 대한 보정 효과로 모든 순수 능력치가 '1' 상승했습니다.〉

맛에 대한 보정 효과?
'별의별 게 다 있군.'
무영은 피식 웃고 말았다.
무영이 느끼는 맛이라고 해봐야 진짜 미식가들에 비하면 얄팍하기 그지없는데 그것만으로도 모든 능력치가 1씩 올랐다.
여러 가지 맛을 보고 느낀다면 더욱 추가 효과를 얻을 가능성이 높다는 뜻이다.
―어떻게 내 정수를 막아낼 수 있단 말이냐!!
무스펠이 모든 불꽃을 토해낸 뒤 절망했다.
불꽃의 정수는 마지막 한 수, 비장의 한 수와 다를 게 없었다.
그런데 그게 막혔다. 그것도 정면으로 막아버렸다.
무스펠로선 자존심에 더할 나위 없는 큰 타격을 입었고, 또한 그보다 더한 공포를 느낄 수밖에 없었다.

"끝내지."

무영은 가시화 스킬을 풀었다.

더 이상 화룡에게서 얻어낼 '맛'은 없는 것 같았다.

하지만 이 화룡의 시체에선 얻어낼 게 많았다.

'고대급은 아니지만 이 정도면 바로 그 밑이다.'

고대급이 흔한 것도 아니고 이쯤에서 만족을 해야 할 듯싶었다.

게다가 이번 일에 참여한 용들 중에 고대급은 없는 것 같았다. 있었다면 제아무리 하이엘프인 아인이 강하다 하더라도 막아낼 수 있을 리 없으니.

그만큼 일반 성룡과 고대급의 용은 힘의 격차가 크다.

고대급.

적어도 일만 년 이상 나이를 먹은 용을 뜻함이다.

용들은 그 나이를 기준으로 다시 한번 육체를 탈피하기 때문이다.

마지막 비늘을 벗는다고 보면 된다.

그러한 고대급 용들도 격차가 존재하긴 했지만 모두 일반 성룡과 비교할 수 없을 만큼 강하다.

'질이 안 되면 숫자로 가야겠지.'

무영은 어느덧 용의 질을 따지고 있었다.

용이 자신을 보고 도망가는 것도 색다른 경험이었다.

이미 전생의 강함을 뛰어넘었기 때문일까.

큰 감흥은 없었지만 대신 선택할 수 있는 폭이 넓어졌다는 건 확실하다.

스릉!

무영은 비탄을 꺼내 쥐었다.

동시에 머리 위로 거대한 뿔 하나가 솟아났다.

그것은 마치 디아블로가 가진 산양의 뿔과도 비슷해 보였다.

'32배속.'

유지할 수 있는 시간은 기껏해야 1초 미만.

하지만 무영이 체감하는 시간은 30초가 넘는다.

비탄이 춤을 췄다. 그리고 20여 초가량이 지났을 때 가속을 풀었다.

크아아아아아악!

무스펠이 비명을 내질렀다.

콰아아악!

전신의 비늘이 꿰뚫리며 수백, 수천 개의 구멍에서 피가 솟구쳤다.

제아무리 용이라도 이 수준의 타격을 입으면 죽는다.

'이건 아직 조금 힘들군.'

32배속은 너무 빨랐다. 무영의 신체로도 버티는 게 고작.

'힘이나 체력이 더 필요해.'

제대로 다루려면 힘 능력치나 체력 능력치를 더 올려야 할 것 같았다.

고작 20여 초를 가속했을 뿐인데 전신이 아릿했다.

쿠우우웅!

이어 무스펠의 거대한 동체가 바닥에 처박혔다.

무영은 그 위로 천천히 날아가 손을 뻗었다.

'죽음의 예술.'

〈화룡 무스펠이 언데드로 화합니다!〉

〈용을 죽인 뒤 최초로 언데드로 만들었습니다.〉

〈화룡 무스펠은 화산과도 같이 폭발적인 성격의 소유자입니다.〉

〈죽음의 예술 스킬 랭크가 A+++입니다.〉

〈예술 점수 93점!〉

〈'파이어 본 드래곤'이 완성되었습니다.〉

이름: 무스펠

힘 495

민첩 480

체력 510

지능 450

지혜 450

화속성 550

마법 저항 550

성향: 파이어 본 드래곤

종합 레벨: 510

+화염분진, 불꽃 세례, 고속비행, 화룡의 숨결 스킬 사용 가능.

피부가 타며 떨어진다.

뼈만 남은 본 드래곤의 주변으로 강력한 화염이 수놓아졌다.

쿠오오오오!

자신의 탄생에 축포를 날리듯 본 드래곤이 화염을 토해냈다.

과연!

무영은 흡족해하며 고개를 끄덕였다.

최초. 그리고 스킬 랭크로 인한 보정효과 덕분인지 무스펠은 살아생전보다 강해져 있었다.

만약 최초가 아니었다면 종합 레벨 500도 넘기지 못했을 것이다.

'이걸로 끝이 아니지.'

무영은 멀리 떨어진 채 있던 스노우를 바라봤다.

"빠?"

미처 신경을 못 썼는데 스노우도 한 차례 직격을 당한 모양이었다. 옷이 반쯤 타 있었다.

하지만 신체엔 아무런 영향도 없었다.

'화룡을 흡수해서인가?'

스노우는 화룡 한 마리를 통째로 잡아먹었다. 그로 인해 붉은 날개도 하나 띄웠다. 화염에 대한 높은 저항력이 생겨도 이상하진 않다.

옷이 반만 탄 걸 보면 직격을 당하진 않은 듯했다.

아무리 화룡을 집어삼켰대도 무스펠의 정수에 직격을 당했다면 무사하진 못했을 것이다.

"화아악!"

총총 뛰어와 무영의 옆으로 다가온 스노우가 입을 크게 벌렸다. 그러자 입에서 작은 불꽃이 나갔다.

"콜록! 콜록! 으으음."

용의 흉내를 낸 것 같았지만 그게 전부였다.

무영은 스노우에게 말했다.

"다음 화룡은 어디에 있느냐?"

어느덧 스노우는 무영의 탐지기가 되어 있었다.

질이 안 되면 양!

그 말 그대로였다.

무영은 기다리지 않았다.

화룡을 찾아낼 수 있는 탐지기가 있는데 뭐하러 적이 오길 기다린단 말인가.

차라리 무영 쪽에서 가는 게 낫다.

그리고 그게 더 수월하게 사냥할 수 있었다.

용들은 잘 뭉치지 않고, 서로를 꺼리는 경향이 분명히 있었다.

'죽음의 예술.'

죽은 화룡의 시체에 손을 뻗었다.

그러자 검은 기운이 무영의 손에서 뻗어 나와 화룡을 감쌌다.

〈화룡 아시에우스가 언데드로 화합니다.〉

〈이로써 5마리째 화룡이 언데드화 되었습니다.〉

〈'화룡무리(S)'가 완성됐습니다. 한 번에 소환할 시 모든 용의 능력치가 +5의 추가 효과를 갖습니다.〉

〈화룡이 한 마리 늘어날 때마다 이 효과가 1씩 증가합니다.〉

〈사용자 '무영'의 능력치로는 최대 10마리까지 화룡을 유지할 수 있습니다.〉

〈죽음의 예술 스킬 랭크가 격상했습니다! A+++ –〉 S〉

〈전승 효과 '죽음을 이끄는 왕(S)'을 획득했습니다.〉

〈'망혼력'의 이름이 '죽음의 힘'으로 변환됩니다.〉

명칭: 죽음을 이끄는 왕

등급: S

효과: 죽음의 힘+50, 죽음의 힘 능력치에 따라 언데드 강화.

4당 0.1%, 500기준 12.5%

화염으로 둘러싸인 화룡 다섯 마리가 무영의 주변을 배회했다.

이제 다섯 자리가 남았다.

용 정도의 괴물을 무한정 언데드로 만들 순 없는 모양이었다.

하기야 그게 가능했다면 무영은 강해지고 적들을 죽이는 게 아니라 시체가 있는 무덤을 여태껏 뒤지고 있었을 것이었다.

본 드래곤.

최상위의 언데드.

확실히 언데드를 만들고 유지하는 데 들어가는 기운이 남달랐다.

그러나 그보다 무영의 눈길을 끈 건 새로 얻은 전승효과였다.

'죽음을 이끄는 왕.'

이제야 왕의 군세를 가졌다는 뜻인지.

이름 자체가 예사롭지 않았다.

게다가 망혼력이 죽음의 힘으로 바뀌며 추가 효과를 얻었다. 기존 망혼력이 450가량이었으니 이번에 50이 추가되며 500이 넘었다.

무영이 그저 만들고 보유하는 것만으로 그 언데드의 모든 능력치가 12~13%가량 상승한다는 뜻이었다.

'아직 다섯 마리나 더 남았다.'

무영의 눈빛이 달라졌다.

더욱 깊게 빛났다.

고작 10%가량이 아니다. 무려 10%다.

단순 12~13%라 생각하면 안 된다.

강한 종일수록, 능력치가 높을수록 그 효과가 더욱 빛을 발하는 법이었다.

능력치 500이 넘어가면 그 이상부턴 1의 차이가 단순한 1의 차이처럼 되지 않기 때문이다.

12%가 24%가 될 수도 있었다.

이래서 강한 괴물을 언데드로 만들어야 한다.

물론 고대급의 용이 있었다면 더할 나위 없었겠지만 이쯤에서도 충분히 만족할 수 있었다.

또한 무영이 보유한 언데드는 대부분 그 이상의 특혜를 보는 셈이었다.

500은 아니지만 400의 능력치를 넘나드는 언데드가 무영에겐 꽤 있었던 것이다.

무영은 다섯 번째 용을 본 드래곤으로 만들고 발길을 옮겼다.

그 순간이었다.

심상치 않은 낌새에 무영이 몸을 돌렸다.

화아아아아악!

동시에, 빛의 샘 쪽에서 거대한 불기둥이 치솟아 올랐다.

불기둥은 하늘 끝까지 닿았고 샘물 전체를 집어삼킬 정도로 커다랬다.

무영은 그것을 보곤 턱을 쓸었다.

저 불기둥 자체에서 느껴지는 힘이 심상치 않다.

익숙한데다 왠지 동질감마저 느껴졌으니 저 불기둥의 정체를 파악하는 게 어렵지 않았다.

'디아블로가 남긴 발자취!'

찾아도 찾을 수 없던 것.

찾을 수 없어서 무영은 낚시를 했다. 그다음 화룡 사냥에 나섰다.

하지만 진정으로 무영이 노리고 있던 건 역시 저것이다.

디아블로가 남긴 무언가. 그가 지나가면서 남긴 족적 말이다.

설마 저쪽에서 알아서 나타날 줄이야!

무영으로선 고마울 따름이었다.

46장
불의 정령왕 이프리트

일반적인 분화가 아니다.

대분화!

지극히 순수한 불꽃으로 말미암아 균열과 함께 무언가가 소환됐다.

소환된 것 역시 순수한 불꽃을 가지고 있었으나 형체가 없었다.

그야말로 불 그 자체.

샘 깊숙한 곳. 하지만 샘이 아닌 이면에 존재하다가 이제야 표면으로 나온 것이다.

무영이 못 알아차릴 만도 하였다.

"아아…… 불의 정령왕 이프리트!"

아인의 동공이 흔들렸다.

정령들은 수없이 많지만 예로부터 정령왕은 이름이 정해져 있었다.

불의 정령왕이라면 항시 이프리트라는 이름을 사용한다.

이름을 무한히 계승하는 만큼 정령왕의 힘은 강하다. 그러나 여태껏 마계에는 단 한 번도 정령왕이 소환된 유례가 없었다.

디아블로는 이레귤러다. 그 역시 마계에는 없었던 존재.

균열을 만들며 변수를 일으키는 존재가 바로 디아블로였다. 그리고 이프리트는 디아블로가 만들어낸 변수 중 하나다.

의도했건 의도하지 않았건 디아블로의 불을 따라 소환된 것이다.

그리고 아인은 달의 속삭임에 따라 정령왕의 존재를 한눈에 알아볼 수 있었다.

화아아아아악!

어중이떠중이 화룡의 불꽃과는 비교가 안 된다.

모든 걸 불사르는 불꽃.

감히 다가갈 엄두조차 나지 않았다.

척!

처어억!

대분화 속에서 무수히 많은 정령이 튀어나왔다.

하급부터 최상급에 이르는 족히 수만은 될 법한 숫자!

"정령왕이시여! 어째서 이곳에 강림하셨나이까?"

화룡들이 이곳을 급습한 이유가 정령왕에게 있었다.

디아블로의 불꽃이 샘의 이면에 숨어 있었대도 순수하기 짝이 없는 불꽃에 어린 화룡들이 본능적으로 이끌린 것이었다.

아인은 급했다. 이대로 가다간 빛의 샘은 끝장이다. 그곳에 터를 잡고 살아가던 무리들도 단번에 멸망의 길을 걷게 될 터였다.

하여 아인은 대분화 앞에 섰다.

그녀는 하이엘프. 교감 능력이 매우 뛰어나다. 정령들은 그녀를 공격하지 않았다.

대신 그녀의 앞으로 거구의 남자가 모습을 드러냈다.

2m는 훌쩍 넘어 보이는 장신. 근육질의 붉고 긴 머리칼을 가졌으나 전신이 불에 활활 타고 있었다.

"그의 불꽃이 멸망을 갈망한다."

"그가 대체 누구인지요? 어째서 모든 것을 태우고자 하시는지요?"

"나는 그의 불꽃을 따라 소환되었고 계약은 완료됐다. 앞으로 나 외에도 수많은 특이점들이 계속하여 소환될 것이다. 가련한 하이엘프여, 대답이 되었느냐?"

이프리트는 최고위의 하이엘프인 아인을 존중했다.

본래라면 앞에 선 즉시 태워 버렸을 것이나 하이엘프는 모든 것과 교감할 수 있었다. 당연히 이프리트와도 어느 정도 교감이 가능했다.

그리고 아인은 이프리트의 안에 내재된 파괴 욕구를 보았다.

파괴 욕구는 이프리트의 것이 아니다. 계약한 '그'의 것이었다. 하지만 욕구가 너무나도 강하여 이프리트마저 전염시켰다.

그야말로 가공할…….

꿀꺽!

아인은 침을 삼켰다.

동시에, 무슨 말을 하든 통하지 않으리란 사실을 알았다.

"부디 선처를. 제 목숨을 바치겠으니 저희 부족만은 살려주시옵소서."

무릎을 꿇었다.

아인은 그만큼 간절했다.

이프리트가 마음먹은 이상 빛의 샘의 파괴는 확정되어 있었다.

더 나아가 주변의 모든 것이 불타오르기 시작할 것이다.

하나 조금이라도 불의 영향에서 벗어나면 희망이 있다. 적어도 부족의 엘프들만큼은 살아 나갈 수 있을 것이었다.

하지만 이프리트가 거부했다.

"나는 모든 걸 불태울 것이다. 내 불은 누구도 피해갈 수 없다."

이프리프는 자신의 불꽃에 대한 무한한 자신감이 있었다.

뛰쳐나온 정령들의 숫자가 어언 십만에 이르렀다. 정령들은 계속해서 대분화를 기어 나오고 있었다.

이만한 군세라면 '세븐 마운틴'에 버금가는 수준이다.

일곱 개의 거대한 산을 소유한 마왕들을 이르는 말이다.

최고급의 마왕을 분류하는 데에는 세 가지 기준이 있었다.

세븐 마운틴.

식스 로드.

파이브 스타.

그 숫자만 천에 이르는 마왕들 중에서도 가장 뛰어난 18명. 그중 세븐 마운틴이 가장 낮은 급에 속하긴 하지만 이 역시 무시할 수 없다.

몇몇 인간은 이를 두고 칠뫼육주오성이라 표현하기도 하는데, 그만큼 영향력이 강하다는 뜻이었다.

"부디……!"

아인은 이프리트의 파괴 욕구를 보았다.

절대로 멈출 수 없다는 걸 안다.

그럼에도 아인 역시 멈출 수가 없었다.

곧 이프리트의 손을 따라 커다란 불덩이가 솟구쳤다.

불덩이는 태양을 방불케 할 정도로 환한 빛을 내뿜었다.

지켜보던 모두가 눈을 감았고, 그사이 이프리트가 불덩이를 던졌다.

'아아!'

아인은 절규하며 눈을 감았다.

시위는 당겨졌다.

이제 이프리트를 막을 수 있는 자는 없다.

스아아악!

하지만 폭발은 일어나지 않았다.

거센 바람 소리만이 주변을 감돌 뿐이었다.

이에 의아함을 느낀 아인이 눈을 떴다.

그 앞에 한 남자가 서 있었다.

기다란 장검을 손에 쥔 채로.

'무영 님!'

믿기지 않았다.

무영은 외인. 하물며 고대급의 용이라 생각하고 있었건만.

용은 모험을 즐겨하는 편이 아니다. 하물며 자신의 영역도 아닌 곳에서 위험을 무릅쓰려 하지 않는다.

당연히 무영이 이미 떠났으리라 지레짐작 하고 있었다.

그럴진대 무영이 이프리트를 막았다.

또한 그는 혼자가 아니었다.

무영의 주변에는 다섯 기의 언데드가 함께하고 있었다.

캬아아아!

파이어 본 드래곤이 울부짖었다.

형체가 없는 정령들을 씹어 삼키며 불을 불로 대항하는 중이었다.

"이상하군. 너에게서 '그'의 불이 느껴진다."

이프리트도 멈칫했다.

무영에게서 느껴지는 친숙한 기운은 분명히 '그'의 것이었다.

하지만 무영은 '그'…… 디아블로와는 전혀 다른 존재였다.

"디아블로 역시 내 사냥감이다. 너는 그 과정일 따름이지."

무영이 무겁게 입을 열었다.

디아블로의 이름이 언급되자 이프리트가 흥미롭게 무영을 바라봤다.

"너의 불은 순수하지만 나에게조차 못 미친다. 나는 모든 불의 왕일지니."

부정하지 않는다.

무영은 단순히 불만 가지고 그를 이길 생각이 없었다.

당연히 자신의 모든 '힘'을 사용해 때려눕힐 작정이었다.

예컨대 불덩이를 지웠던 건 결을 보고 비탄의 힘을 사용한 것이었다.

'만물에는 결이 있다.'

사실상 무영에게 있어서 불이란 부차적인 능력에 불과했다.

이제 막 얻었을 뿐인 익숙하지 않은 힘.

그러나 무영의 진실된 힘은 바로 이 검 한 자루에 있었다.

스릉!

비탄이 울었다.

〈디아블로의 불꽃으로 말미암아 불의 정령왕 '이프리트'가 '빛의 샘'에 소환되었습니다.〉

〈이프리트는 세상의 멸망을 갈구합니다.〉

〈이프리트를 막으십시오! 기여도에 따라 보상이 주어집니다.〉

빛의 샘과 가장 가까운 성.

군자성!

군자성에는 대부분의 세가들이 밀집되어 있었다. 대도시와 비견되는 유일한 장소가 군자성이었다.

그곳에 거주하는 모든 사람에게 불현듯 위와 같은 글귀가 떠올랐다.

"이프리트?"

"이번에도 디아블로가 원인인가?"

"시도 때도 없군."

그 글귀를 본 사람들이 혀를 찼다.

이런 일이 벌써 한두 번이 아니라는 듯 자연스럽게 받아넘겼다.

실제로 디아블로에 의해 소환된 괴물은 많았다. 클리어할 경우 상상 이상의 보상을 받았지만, 그러지 못해서 사라진 도시가 다섯 개를 넘긴다.

하물며 놈들은 사람이 있는 곳만을 공격하지 않았다.

마신의 영역에 들어가 마왕군을 공격한 괴물 역시 있었다.

대애애애앵!

곳곳에서 종이 울렸다.

세가에 소속된 사람들에게 보내는 소집 명령이다.

즉시 이프리트를 토벌하기 위함이었다.

이런 일은 빠르게 해치우는 게 좋다. 시간을 끌면 더욱 상대하기 까다로워지는 경우가 많았다.

"세상이 어찌 될는지……."

"그래도 디아블로가 마신 하나도 소멸시키지 않았던가."

"하우레스. 놈도 불을 다루는 마신이었지."

디아블로가 바라는 건 정말로 세상의 멸망인 듯싶었다.

도시 다섯 개를 파괴하고, 심지어 마신 하우레스마저 죽였다.

디아블로에겐 적과 아군이 없다.

그래서 더욱 위험했다.

앞으로의 행동을 전혀 예측할 수 없기 때문이다.

걸어 다니는 핵폭탄과도 같았다.

툭!

"눈을 어디다가 두고 다니는…… 헉!"

그때 전신을 가리는 허름한 망토를 입은 남자와 행상인이 부딪혔다.

하지만 남자의 눈을 본 순간 행상인은 기겁하며 물러났다.

허름한 망토를 입은 남자는 새까만 두 동공만이 드러나 있었던 것이다.

"조, 조심하라고!"

행상인이 도망치듯 자리를 벗어났다.

남자는 아랑곳하지 않고 주변을 어슬렁거렸다.

'빛의 샘물이라.'

남자가 허리에 찬 장검을 매만졌다.

그리고 군자성을 벗어나 빛의 샘물로 향했다.

'벌써 2년.'

군자성을 벗어난 즉시 남자가 망토를 벗었다.

그러자 드러낸 신체엔 살이 한 점도 없었다.

오로지 뼈!

뼈로 이루어진 데스나이트.

그는 바로 타칸이었다.

'어디 있는 게냐.'

그의 주인 무영이 사라지고 2년이 지났다.

2년이 지나자 그들을 묶던 강력한 규율도 약해졌다.

서로 간의 연결 또한 느슨해졌다.

하지만 타칸을 비롯한 모든 언데드는 무영을 찾고 있었다.

무영은 그들의 주인이며 목표다. 아무런 사연 없이 무영을 따르는 언데드는 거의 없었다.

특히 타칸은 디아블로와 관련된 일에는 무조건 끼어들었다. 하지만 벌써 2년째 무영의 행방을 찾지 못했다.

하나 무영이 죽었다는 생각은 결코 하지 않았다. 어느 누구도.

놈은 죽여도 죽지 않는다. 감히 불사신 같은 존재였다.

'이제는 너와의 승부도 할 만해졌거늘.'

타칸은 2년간 비약적으로 성장했다.

강자라 불리는 자들을 찾아가 대련하고 그들의 모든 걸 흡수했다.

심지어 10강이라 불리던 자들 중 상당수가 타칸을 만났다.

하지만 진정한 목적이었던 무영이 증발해 버렸다.

이 승부를 제대로 내기 전까진 포기할 수 없었다.

쿵!

가브리엘의 창이 지상에 꽂혔다.

가브리엘의 창은 물질이 아니다.

예언이 있었으나 무영이 이미 가지고 있었던 것. 자멸의 언덕에서 무영이 가브리엘의 창을 일깨웠으니 예언이 마냥 거짓이라 할 순 없었다.

하여간 가브리엘의 창은 상대를 억압할 수 있는 강력한 스킬이 되었다.

창이 지상에 꽂히자 모든 정령의 움직임이 멎었다.

이 공간에서 온전히 움직일 수 있는 건 무영과 이프리트뿐!

최상급의 정령들은 제약을 받으며 움직이려 하였으나 다섯 기의 파이어 본 드래곤이 막아섰다.

스릉!

비탄이 느릿하게 움직였다. 그러던 어느 순간 다시금 유하게 흐르고 빠르게 나아갔다. 춤을 추는 듯했으나 살벌하게 실용적이다. 자유롭고 또 자유롭다.

모든 '결'이 무영검의 범위 안에 있었다.

무영검이 처음으로 상대를 찾았다.

"너는 '극의'에 이른 자이더냐?"

이프리트가 감탄했다.

그는 불이다. 그만큼 순수하다. 극의에 이르면 모든 게 순수해진다.

동질감과 경외감을 느끼며 말한 것이다.

하지만 무영은 피식 웃었다.

극의?

"아직 멀었다."

무영검은 미완성이었다.

무영의 모든 지식과, 가브리엘의 창이 알려준 지식 그리고 순수한 불꽃으로 깨우친 감각을 모두 합쳐도 고작 오 할.

나머지 반은 만들어 가는 중이었다.
어쩌면 이 역시 잘못된 수치일지도 모른다.
그 정도로 무영이 만드는 검은 한계가 없었다.
"부디 바라건대……."
미소를 지운 무영이 이프리트를 바라봤다.
그리고 진지하기 짝이 없는 표정으로 말했다.
"내가 검을 다 휘두를 때까지 쓰러지지 말라."
무영검은 총 100격으로 이루어진 검술이다.
무영은 그중 50격을 완성했다.
과연 이프리트는 이 50격을 전부 견딜 수 있을까?
궁금했다. 자신이 만든 검의 위력이.
디아블로의 제단에서 스스로를 깨우치고 불과 가브리엘의 창을 얻었으며 모든 지식과 경험을 총망라해 검술을 만들었다.
여러 가지 얻은 게 많지만 그중 가장 마음에 드는 건 역시나 무영검이었다.
무영의 인생 그 자체가 깃들어져 있는 검술!
'깨달음은 찰나와 같다.'
하지만 그 깨달음에 도달하기까진 오랜 시간이 걸린다.
근원의 불 속에서 무영은 오랜 시간을 방황하고 있었다.
자신의 내면에 존재하는 악과 싸웠으며 오랜 시간을 방황한 끝에 지금의 자리를 찾았다.

아마도 현세에서의 시간 역시 꽤 흘렀으리라.

이제부터 무영은 과거의 모든 실수를 바로잡을 생각이었다.

자신이 한 실수와 인류가 저지른 실수 그 모든 걸 말이다.

무영이 하는 전부가 정답이라 할 수는 없겠지만…….

'무영, 나는 너와 다르다. 나는 나만의 생을 살 것이다.'

과거 무영이 유영이었던 시절.

세뇌되기 직전 지워진 기억 속에 또 다른 무영이 있었다.

비록 이번 생에서 무영에 의해 죽었으나 죄책감이나 후회감은 일절 없었다.

그 역시 그것을 바라고 있었을 것이기에.

하지만 무영은 다시 죽을 생각이 없었다. 자신이 가진 것을 포기할 생각도 없었다.

무한한 자유. 무영은 무엇이든 될 수 있다.

'너는 그 첫 걸음이다.'

검을 휘둘렀다.

그르릉!

비탄이 울었다.

아인은 눈을 휘둥그렇게 떴다.

믿기지 않았다.

불의 정령은 화룡과의 사이가 나쁘지 않다.

하물며 고대급의 화룡이라면 불의 정령왕쯤 되는 존재와는 부딪치지 않아야 정상이다.

그럴진대 둘은 미친 듯이 싸우고 있었다.

심지어, 불의 정령왕이 밀리고 있었다.

'저분은 대체?'

저런 검술은 본 적이 없다. 검술의 귀재라는 이들을 몇 번 보았지만 무영의 검에는 한참 미치지 못했다.

그제야 아인은 자신의 생각을 고쳤다.

저분은 화룡 같은 게 아니라는 걸.

뿔과 날개, 불과 검…… 정령들의 움직임을 멈춘 창과 본 드래곤까지.

이만큼이나 많은 힘을 사용하는 자는 본 적이 없다.

그야말로 용 이상의 존재!

그중 진짜는 당연히 검이었다.

마치 검의 주인과도 같았다.

무영은 쉬지 않고 검을 휘둘렀다.

하나하나 따져 보면 그다지 위협적이지 않지만 마치 그림을 그리는 것처럼 유연하고 우아한 검놀림이었다.

저 그림이 완성되거든 정령왕 이프리트도 무사하지 못할 거라는 걸, 검술을 잘 모르는 아인도 알 수 있었다.

"하."

"……!"

아인이 화들짝 놀라며 고개를 돌렸다.

누군가가 옆에서 한숨을 토해낸 것이다.

아무리 방심하고 있었다지만 바로 옆에 다가올 때까지 알아차리지 못하다니?

그녀는 최고위의 하이엘프. 달의 가호를 받고 있다. 어둠 속에서 은밀하게 움직여도 아인은 모든 걸 알 수 있었다.

하지만 지금 옆에 다가온 자는 아무런 기척도 없었다.

생명도 느껴지지 않았다.

마치 유령처럼.

'데스나이트!'

그래, 유령과 다를 게 없었다.

뼈만으로 이루어진 언데드. 언데드 중에서도 가장 강한 급에 있다고 전해지는 데스나이트가 어느새 아인의 옆에 서 있었던 것이다.

하지만 일반적인 데스나이트는 아니었다.

아인은 과거에도 몇 번 리치가 다루는 데스나이트를 본 적이 있다.

그들은 분명히 강했지만 아인을 압박하진 못했다.

아인의 힘은 어지간한 성룡도 상대할 수준이기에.

하지만…… 눈앞에 있는 이 데스나이트는 다르다.

"놈. 어디 갔나 했더니 이런 곳에 처박혀 있었구나."

데스나이트는 고개를 절레절레 저었다.

동시에 아인의 공감 능력이 십분 발휘됐다.

말투와는 달리 반가움이 느껴졌다. 이 느낌은 오랜만에 주인을 만난 고양이를 보는 것만 같았다.

적은 아니다.

오히려 그 반대라면 모를까.

아인은 데스나이트가 적의를 나타내는 게 오히려 이프리트 쪽임을 알아봤다.

화르릉!

아인은 다시 고개를 돌렸다.

무영의 머리 위로 붉은 빛이 쏟아지고 있었다.

'별의 주인!'

절대자의 별!

전과는 또 다르다. 붉은빛은 더욱 강해져 있었다.

샘 전체를 아우르는 강렬한 빛에 아인은 눈을 감고 말았다.

"그대로 있으면 죽는다."

데스나이트가 충고했다.

아인은 다시 눈을 떴고 동시에 데스나이트가 검을 휘둘렀다.

촤악!

정령이 갈렸다.

수많은 정령이 조금씩 움직이고 있었다.

데스나이트, 타칸은 그를 두고 보지 않았다.

"얄밉지만 그새 자신만의 검을 만들었군."

웃진 않았지만 타칸은 웃고 있었다. 살아 있는 육신이었다면 몸을 떨며 흥분에 겨웠을 것이다.

촤악!

반투명한 정령이 타칸의 검에 베였다.

타칸의 검술은 촘촘한 거미줄과 같았다.

수십, 수백 마리의 정령을 자신의 영역에 가두고 하나씩 사냥했다.

절정에 이른 검사.

타칸의 검은 더욱 정교해졌다. 더욱 날카로워졌다.

"강해졌어."

그러나 타칸의 눈은 올곧게 무영과 이프리트의 싸움을 바라보고 있었다.

2년간 무영은 사라졌다.

그러나 그 공백이 무색할 정도로 무영은 강해졌다. 자신이 강해진 만큼. 어쩌면 그 이상으로.

단순히 무력적인 측면 외에도, 정신적인 성장 역시 굳건해졌음을 타칸은 알 수 있었다.

무영을 보게 된 순간 다시금 연결된 것이다.

또한 그 연결은 과거보다도 두터웠다.

'대부분의 언데드는 다시 너를 주인으로 믿고 따를 것이다.'

타칸도 다르지 않았다.

다만, 다른 언데드보다 조금 더 승부욕이 있을 뿐이지.

'모든 언데드가 나처럼 한눈에 따르려 하지는 않겠으나…….'

2년이나 갑자기 사라진 녀석을 단번에 믿고 따를 이는 별로 없다.

타칸이야 지금 이프리트와 싸우는 모습을 봐서 믿는 것이지만 언데드 모두가 같을 거라 생각하긴 어렵다.

그럼에도 타칸은 전혀 걱정하지 않았다.

'충분하다.'

지금의 무영이라면 그 모든 걱정을 지우기에 충분했으니까.

1격, 2격…… 23격, 24격…….

"신격조차 아닌 힘이 어찌하여 나를!"

이프리트는 당황하고 있었다. 처음의 그 오만한 모습도 점차 지워졌다.

그럴 수밖에.

무영의 검은 격을 더해갈수록 곱이 되어 강해졌다.

또한 신격이 담겨 있지 않다고 하나, 사실 무영 자체가 신격의 저장소와 같았다.

루키페르. 디아블로의 불. 가브리엘의 날개와 창.

모두 신격이 담겨 있었고, 루키페르의 힘을 제외한 모든 걸 무영은 자유롭게 다룰 수 있었다.

이 힘을 조금 더 완숙하게 다루게 되면 그때 무영은 반신격의 위치에 오르게 될 것이다.

진정한 초월체 말이다.

하물며 무영검에는 그 모든 게 녹아들어 있었다.

이프리트의 신체에도 커다란 상처를 만들어낼 능력이.

마침내 40격.

콰스스승!

불이 갈렸다.

이프리트의 팔 한쪽이 동강 났다. 잘려진 불은 전처럼 재생되지 않았다.

결을 자르고 연결된 고리를 끊어냈기 때문이다.

무영은 그 영역 자체에 다시금 불이 들어차는 걸 '허락'하지 않았다.

무영검은 모든 것의 총망라이지만, 정확히 말하자면 공간을 다루는 힘이다.

공간을 지우는 공간참(空間斬)의 능력!

"불의 세례를 받아라!"

화륵! 화르르르륵!

작은 불덩이가 하늘에서 쉴 새 없이 쏟아졌다.

디아블로가 사용했던 것보다 범위가 작지만 빽빽하게 들어서서 떨어지는 불길은 닿은 모든 걸 파괴하기에 충분했다.

'41격.'

스킹!

40격 만에 이프리트의 방어선을 뚫었다.

그의 공간을 이해하고 그의 공간을 침식했다.

그리하여 이제는 온전히 무영의 차례였다.

41격째, 이프리트의 양팔이 날아갔다.

42격. 주변에 떨어지는 모든 불꽃을 베었다.

43격. 32배의 가속을 사용해 형체가 없는 검기를 수없이 날렸다.

44격. 이프리트와 무영이 서 있는 공간 자체를 비탄이 가로질렀다.

그리하자 대분화가 사라졌다.

이프리트의 신체가 얇아지기 시작했다.

“나는 죽지 않는다! 나는…….”

정령이 죽으면 다시 역소환될 뿐이다.

정령계로 돌아가 휴식기를 가지고 다시금 회복한다.

하여 정령은 죽지 않는다는 게 정설이다.

말마따나 일반적인 정령도 그러할진대 정령왕은 평범한 방법으로 죽일 수 없다.

하지만.

“과연 그럴까?”

무영이 비탄을 들었다.

죽지 않는다고?

그런 존재는 없다. 모든 건 죽는다. 불멸이라 칭해지는 존재 역시 죽었다. 신조차 소멸이라는 이름의 죽음을 맞이한다.

무영은 보이지 않는 장소를 향해 공간참을 날렸다.

그리하여 45격.

이프리트와 다른 세계로 이어지는 통로를 잘라냈다.

“어찌 인간 따위가 공간을 잘라낼 수 있단 말이냐? 있을 수 없는 일이다!”

이프리트는 무영의 진짜 정체를 알아봤다. 제아무리 많은 힘을 다뤄도 근원의 모습은 존재하게 마련이므로.

하지만 그래서 더욱 믿기지 않았다.

인간이 정령왕을 죽인 사례는 없었다.

거기서 끝이 아니었다.

절대자의 별이 더욱 붉은빛을 흩뿌렸다.

그러자 이프리트의 몸이 가루가 되며 별을 향해 흡수되기 시작했다.

〈‘절대자의 별’이 ‘불의 별’을 흡수했습니다.〉

〈‘절대자의 별’의 랭크가 상승합니다. S+ –〉 S++〉

〈‘왕 살해자’가 발동합니다. 모든 순수 능력치가 15 상승했습니다.〉

〈65종의 왕을 살해했습니다. 100종까지 앞으로 35종이 남았습니다.〉

무영은 발을 옮겨 이프리트의 신체 내부로 들어갔다.

그리고 중심에 존재하는 잔불을 손에 쥐고, 입에 털어 넣었다.

〈'정령왕의 잔불'을 흡수합니다.〉

〈진 · 화속성이 20 상승했습니다.〉

〈불의 정령왕 이프리트를 소멸시켰습니다.〉

〈기여도 200%〉

〈이면의 주인들이 줄 수 있는 보상의 범위를 넘어섰습니다.〉

〈데스 로드가 자신의 진정한 후계자가 되지 않겠느냐 제안합니다.〉

〈받아들이시겠습니까?〉

〈받아들일 경우 모든 클래스가 삭제되고 '데스 로드'가 될 수 있습니다.〉

로드 클래스, 데스 로드.

무영은 그저 데스 로드의 몇 가지 스킬을 가져왔을 뿐이었다.

진정한 데스 로드라고 하기엔 무리가 있었다.

하지만 이제는 그 수준을 넘어서 데스 로드 자체가 될 수 있는 가능성을 얻었다.

"거부한다."

하지만 무영은 고개를 저었다.

데스 로드의 힘은 분명히 탐난다. 여기서 승낙하면 무영은 지금보다 훨씬 강해질 수 있을 것이다.

모든 클래스를 삭제하고 오로지 하나만을 얻는 것이니.

하지만…….

세상에 마냥 달콤하기만 한 제안은 없다.

데스 로드가 되는 순간, 무영은 다시금 자신의 길을 포기해야 한다.

여태껏 데스 로드의 힘은 그저 무영을 보조할 따름이었다.

한데 그 자체가 되어선 안 된다.

비단 데스 로드만이 아니라 모든 힘이 그렇다.

부가 될지언정 주가 될 수는 없었다.

〈데스 로드의 제안을 거부했습니다.〉

〈'쉐도우 로드'가 자신의 후계자가 되지 않겠느냐 제안합니다.〉

〈받아들이시겠습니까?〉

〈받아들일 경우 모든 클래스가 삭제되고 '쉐도우 로드'가 될 수 있습니다.〉

"거부한다."

차례차례 나머지 이면의 주인들의 이름이 떠올랐다.

그 숫자가 10명.

이면의 주인들의 숫자가 11명이니, 킹슬레이어를 제외한 전부다.

난데없이 이런 제안들을 하는 이유가 궁금했지만 무영은 모두 거부했다.

그들의 제안은 분명히 달콤했으나, 그들이 주는 보상 역시 대단하기 그지없으나 그렇다고 무영 스스로의 고유성을 포기할 정도는 아니었던 것이다.

47장
군자성

무영의 계속된 거부에 이면의 주인들도 더 이상 나서지 않았다.

〈칭호 – '거부하는 자(모든 능력치+20)'가 생성되었습니다.〉

〈'별자리 지도'를 획득했습니다.〉

거부하는 자?

칭호는 하나만 사용할 수 있다.

현재 무영이 착용한 칭호는 '어둠과 심연(모든 능력치+10)'이었는데, 이면의 주인들이 요구하는 바를 거부했더니 두 배가 좋은 칭호가 나왔다.

피식 웃으며 다음 것을 확인했다.

'별자리 지도.'

지도엔 아무것도 그려진 게 없었다.

하지만 몇몇 곳이 빛나고 있었고 무영은 그것이 12궁도의 별이라는 걸 알아보았다.

나머지 12궁도의 별은 직접 모으라는 것일까.

무영은 지도를 무한의 주머니에 집어넣은 뒤, 남은 재를 지르밟았다.

이로써 이프리트는 흔적도 없이 사라졌다.

이어서 고개를 돌리자 익숙한 모습이 눈에 들어왔다.

아인, 그리고…… 타칸.

"오랜만이로군."

타칸이 천천히 다가오며 말했다.

타칸의 외형은 달라진 게 없다. 태생이 해골이니 썩는 것 외엔 사실상 변화가 없는 게 맞다.

하지만 느껴지는 기도가 전혀 달랐다.

몇 수는 강해졌다.

하루 이틀 사이에 이만한 변화를 보이는 건 불가능.

아마도 무영이 디아블로의 재단에 있던 사이에 많은 것이 변한 모양이었다.

"시간이 얼마나 흐른 거지?"

"2년."

2년이라.

그나마 다행이다.

아직 많은 일이 일어나기 전이었다.

무영의 남은 지식들로 이득을 챙길 시간이 아직은 남아 있었다.

'내겐 어제와 같이 가깝게 느껴지는데 벌써 2년이나 흘렀던 것인가.'

생각해 보면 디아블로의 제단에서 무영이 얻은 게 한두 가지가 아니다.

그것들을 며칠 사이에 얻는 것도 사실상 말도 안 되는 이야기였다.

"다른 언데드들은?"

"배승민 이외엔 모른다. 녀석은 대도시에 정보 길드를 세웠지."

"영지에 대해서도 모르는 모양이군."

"지금 마신의 영역으로 들어가는 건 위험하다."

들어가서 확인하지 못했다는 말이다.

무영은 의아할 수밖에 없었다.

"말해봐라."

"디아블로가 마신 하나를 죽였다. 이후 마신들은 마신의 영역에 대한 경계를 강화했다. '천경'이라 불리는 괴물이 마신의 영역으로 들어서는 산맥을 막아서고 있다."

천경!

들어본 적 있다.
하지만 직접 본 적은 없다.
하늘을 좀먹는 괴물.
그 크기가 어지간한 도시 하나만 하다고.
그러나 무영이 놀란 부분은 천경의 등장이 아니다.
"디아블로가 마신을 죽였다?"
"하우레스라는 마신이었지. 나도 정확한 경위는 모른다. 디아블로는 등장한 이후부터 계속해서 네가 잡은 이프리트와 같은 괴물을 소환했다. 그것들은 인간과 악마를 두루 공격했지. 그러다가 작년 이맘때쯤 디아블로가 직접 하우레스를 죽였다."
확실히 디아블로가 판을 뒤흔들고 있었다.
소환된 지 고작 2년.
그사이에 마신 하나를 죽이다니.
디아블로는 철저하게 혼자다.
이처럼 소환을 하는 건 자신만의 군단을 만들기 위해서일 것이다.
하나, 아무리 72좌의 마신들이 파벌 싸움을 진행 중이라고 하더라도 그 사이를 파고들어서 마신 하나를 죽였다는 건 예삿일이 아니었다.
또한 하우레스라면 불의 마신.
디아블로가 직접 그 불을 취했을 가능성이 높다. 더 강해졌을 것이고, 마신들은 경각심을 세울 수밖에 없으리라.

하지만 디아블로는 파멸적인 존재. 디아블로는 모든 것의 파멸을 원한다.

마냥 좋은 일이라 할 수는 없었다.

무영이 잠시 말이 없자 타칸이 슬쩍 허리에 손을 가져갔다.

"한판 붙어볼 테냐?"

손이 근질근질해 보였다.

무영이 강해진 만큼 타칸도 강해졌다.

하물며 타칸은 무영을 이기는 게 목적이었다.

그러기 위해서 계속 따라다녔으므로.

2년 만에 만났으니 우위를 가르고 싶을 것이다.

무영은 고개를 끄덕였다.

스릉!

둘 사이에 더 이상의 말은 필요 없었다.

아인은 아무런 말도 하지 못하고 있었다.

불의 정령왕 이프리트. 그가 단순한 역소환도 아닌 '소멸'을 당했다.

정령을 소멸시키는 건 듣도 보도 못한 일이다.

게다가 그 존재가 정령왕이라면 더 말할 것도 없다.

그런데 더욱 놀라운 건 정령왕이 무영을 가리키며 '인간'이라 칭했다는 것이다.

불의 정령왕이 한 말이니 이는 틀림없는 사실일 터였다.

인간. 마계에 갑작스럽게 등장한 존재들.

그들에 대한 평판은 최악을 달린다. 마계에도 수많은 종족이 있지만 그중 약한 종족들을 가차 없이 몰아내고 도시를 세웠으니 말이다.

하물며 최근에는 그 정도가 심한 곳이 늘어나고 있었다.

대부분의 엘프는 특히 인간을 꺼려한다. 외형이 아름다운 엘프를 노리는 인간이 아예 없진 않았기 때문이다.

한데…… 무영이 인간이라니?

인간이 어찌 순수의 극의에 이른 정령을 소멸시킬 수 있단 말인가.

더욱 놀라운 건 데스나이트와의 싸움이었다.

'싸움에 미친 것만 같아.'

둘은 동료인 것 같았다.

이프리트와 정령들을 상대로 함께 싸웠다.

하지만 싸움이 끝나기 무섭게 서로에게 검을 들이밀었다.

아인은 공감 능력을 발휘했다.

무영은 갈증이 나 있었다.

이프리트도 무영의 갈증을 채워주진 못했다.

이 얼마나 탐욕스러운 자세란 말인가!

“과연!”

타칸은 놀랐다. 검을 맞대니 무영이 얼마나 진일보했는지 알 수 있었다. 하물며 무영이 사용하는 검은 타칸으로서도 도저히 흉내를 내는 게 불가능했다.

형도 식도 없다. 타칸의 거미줄과 같은 검술과는 완전 반대.

그러나 거미줄도 무영을 가둬둘 순 없었다.

툭!

서른아홉 합.

타칸의 검이 날아갔다.

이프리트가 버틴 45합에 비하면 적지만 이도 대단한 일이었다.

현존하는 인류 10강도, 용군주 한성을 제외하면 무영검의 35합을 버티기 힘들 것이었기에.

“크하하! 이로써 내가 올라갈 산이 하나 더 생겼구나!”

타칸은 자신의 패배를 좋아했다.

안 그래도 요즘 들어 타칸의 실력은 정체되어 있었다.

인류 10강에게 싸움을 청하고 검을 쓰는 최상위의 괴물들을 죽여 왔지만 더 이상 실력이 늘어나지 않았다.

그들도 타칸의 목마름을 채우기엔 부족했던 탓이다.

그러던 찰나에 무영이 나타났다.

무영은, 무영검은 심오하기 짝이 없었다.

그저 검을 섞는 것만으로도 안목이 늘어나는 게 느껴졌다.

무영은 검을 집어넣었다.

"남은 화룡들을 사냥하겠다."

"용사냥이라! 나도 함께하지."

타칸이 신나하며 합류했다.

용을 마치 옆집 강아지처럼 생각하는 듯싶었다.

그 둘의 모습에 아인은 계속해서 할 말을 잃을 수밖에 없었다.

일곱!

정확히 두 마리의 화룡을 더 잡아들일 수 있었다.

나머지는 이프리트가 죽은 직후 자리를 떠난 듯싶었다.

그렇게 본 드래곤 일곱이 생겼다.

작은 도시 하나는 가볍게 밀어버릴 전력.

어지간한 대규모 길드도 본 드래곤 일곱을 한꺼번에 상대하긴 어렵다.

무영도 만족할 만한 성과였다.

동시에 전승 효과에도 변화가 생겼다.

〈'용 사냥꾼(A++)'의 전승 효과가 '용 학살자(S)'로 변화합니다.〉

〈용 학살자 - 지능, 지혜+30, 용의 천적〉

용 학살자!

일곱이나 되는 화룡을 죽이자 이와 같은 효과가 떠올랐다.

천적이라는 수식어도 생겼다.

앞으로 용들은 무영을 보게 되면 알 수 없는 공포감을 느끼게 될 것이었다.

용과 친해지긴 글렀다는 의미지만 그만큼 용과의 싸움에서 시작부터 우위를 점하게 되는 셈이니 썩 나쁘다고 할 것까진 없었다.

"앞으로 어찌할 셈이냐? 나는 다시금 언데드들을 모아서 마신의 영역으로 가는 걸 추천한다만."

"바로는 못 간다."

"그럼?"

"군자성에서 얻어야 할 것이 있다."

이미 빛의 샘에서도 수많은 것을 얻었다.

하지만 무영은 탐욕적이었다. 계속해서 끊임없이 먹어치워야만 직성이 풀린다.

그리고 이곳이 군자성 근처라면 반드시 얻어야 할 것이 있었다.

'엘라르시고.'

고대의 병기들.

분명히 군자성 지하에는 그것들이 묻혀 있다.

애당초 군자성은 그것을 감추고자 했던 군림세가가 세운

성이었으니.

하지만 군림세가도 엘라르시고를 가동하진 못했다.

만약 가동에 성공했다면 앞으로 있을 혼란의 시기에서 군림세가가 엄청난 우위를 점할 수 있었을 것이다.

"눈빛이 좋아졌군."

타칸이 말했다.

무영은 어깨를 으쓱했다.

"그전의 눈빛은 별로였나?"

"지금은 조금 더 목적이 뚜렷해 보인다. 2년 전엔 보이지 않는 무언가에 끌려 다니는 것만 같은 느낌이었거늘."

뚜렷한 목적.

있다.

무영은 디아블로의 불꽃 속에서 모든 계획을 정립했다. 웡청린을 잡았다지만 모든 게 끝난 게 아니다.

'마신들의 제거. 인류 귀환. 그를 위해서 인류를 친다.'

인간은 무한한 가능성의 총아다.

하지만 지난 수십 년간 그들을 위협하는 적이 없었다.

그래서 나태해졌고 과거 마왕들과의 전쟁 때 얻은 무력이 아직도 그대로 정체되어 있었다.

무영은 그 '적'이 되어줄 작정이었다.

무영은 영웅이 되고 싶었지만 영웅이 될 수 없다.

대신 철저하게 악당이 될 것이었다.

진정한 영웅들이 탄생할 수 있게끔.

이후 균열의 파편을 모은 뒤 마신들의 파벌 싸움에 끼어든다.

무영이 할 수 있는 건 거기까지였다.

단순한 무력이라면 언젠가 무영이 그들을 따라잡거나 능가할 수도 있겠지만, 몇몇 마신은 단순히 힘이 세다고 죽일 수 있는 게 아니기 때문이다.

진정한 불멸성을 얻은 마신을 죽이기 위해선 특정한 조건이 필요하다. 그리고 그 조건을 위해선 인류를 각성시킬 필요가 있었다.

디아블로의 불꽃 속에서 깨달은 진실이었다.

더불어, 모든 마신을 제거해야 인류는 귀환할 수 있다.

"무영 님, 부디 제가 함께해도 괜찮겠습니까?"

무영은 타칸과 함께 모든 정비를 끝마치고 떠날 준비를 했다.

그때 아인이 찾아와 달의 축복이 깃든 가죽들을 넘기며 고개를 숙였다.

아인은 최고위의 하이엘프다. 달의 축복을 그대로 받은 엘프.

그녀가 무영과 함께하고자 하는 이유는 간단했다.

"왜지?"

"샨달톤 님이 안 계시는 지금, 저희 부족은 위태롭기 그지없습니다. 화룡들을 무영 님께서 물리쳤다지만 언제 다시 이런 위협이 찾아올지 모릅니다."

"그러니 네 힘이 필요한 게 아닌가?"

"전 세상을 모릅니다. 온갖 편견에 휩싸여 있지요."

편견만큼 무서운 건 없다.

만약 무영이 처음부터 인간인 걸 모두가 알아봤다면 황금 부족의 엘프들은 무영을 향한 공격을 멈추지 않았을 것이다.

그 결과, 멸망할 가능성이 충분히 있었다.

지금 생각하면 아찔한 기분이었다.

하물며 화룡에 대한 지식도 부족했다. 그들의 공격에 속수무책일 수밖에 없었다.

정령왕이 등장했을 땐 좌절했다.

한데 인간인 무영이 그를 소멸시켰다. 그녀가 가진 지식은 책과 이야기로만 접한 게 전부였다. 얄팍하기 그지없다.

태어나서부터 샘에서 살아온 아인은 이 결과들로 인해 지식의 부재를 느꼈다.

편견의 무서움도 알았다.

그래서 세상을 배워야겠다고 생각했다.

더불어…….

샨달톤이 부재인 지금 겉으로나마 그들은 무영을 섬기겠다고 하였다.

실제로 무영이 부족을 위해 힘써준다면 그만큼 안전할 것도 없겠다는 약간의 계산도 포함되어 있었다.

"방해가 된다면 가차 없이 버릴 것이다."

"도움이 되도록 노력할게요."

아인이 표정을 굳혔다.

이 선택에 부족의 명운이 걸렸다. 진지하지 않을 수 없었다.

"빠아아!"

그때 멀리서 스노우가 달려왔다.

만약의 상황을 대비해 엘프들에게 맡겨놓았던 탓이다.

무영은 타칸과의 만남으로 스노우를 깜빡하고 있었다.

'놓고 갈 뻔했군.'

군자성.

대도시에 버금가는 유일한 성!

다만, 대도시와 다른 점이라면 사람이 직접 만들었다는 것이다.

하지만 그 규모는 상상을 초월했다.

군자성은 청룡, 주작, 백호, 현무 그리고 외도라 불리는 가장 바깥까지 포함하여 총 다섯 구역으로 나뉘어 있으며 대도시보다 더더욱 차별이 심한 곳이었다.

이곳에서 자신을 증명할 방법은 하나.

힘!

진정한 강자존의 세계가 군자성엔 펼쳐져 있었다.

오로지 강한 자만이 위로 올라갈 수 있는 구조.

물론 여기에도 기득권은 존재한다.

군자성을 주름잡은 군림세가를 포함한 네 개의 거대 세가들. 그들은 힘의 논리에서 다른 이들보다 자유로울 수 있었다.

하지만 그럼에도 '힘이 정의'라는 강령은 크게 변치 않았다. 그들 역시 약자는 도태된다. 오로지 강자만이 모든 권리를 누린다.

'강자의 자리에 오른 이들은 주어진 권력에 취해 변질되었다.'

하지만 권력은 사람을 바꾼다.

아니면 권력을 얻으면 사람의 본성이 나타나는 것일지.

군자성의 강자존은 무영으로서도 분명히 마음에 들지만 막상 강자가 된 이들은 그 이상을 노리지 않는 경향이 있었다.

이 역시 평화에 찌들었기 때문이다.

인류 10강이라 불리는 존재들이 과거 마왕들과 싸울 때와 힘의 차이가 크게 없다고 하는 것을 보면 알 수 있는 대목이었다.

용군주 한성만이 유일하게 간혹 1강으로 분류되기도 하였다.

어쨌거나 무영은 이 군자성에서 고대병기 엘라르시고를 잔뜩 얻어갈 예정이었다.

그리하여 모든 것의 적이 될 것을 결심했다.

무영은 마신의, 디아블로의, 인류의 적이다.

그리하기로 했다. 그렇게 중심을 잡았다.

'기억 그대로군.'

군자성에서 아무런 허가 없이 들락날락할 수 있는 곳은 외도(外島) 하나뿐이었다.

외도는 말 그대로 가장 바깥을 뜻하는데 무영을 반긴 건 지독한 악취였다.

외도 중에서도 외도. 철조망과 같은 작은 철망이 전부인 그곳엔 빈민가와 같은 광경이 펼쳐져 있었다.

외도는 약자들의 땅.

버려진 장소다.

이곳엔 패잔병이 널려 있다. 과거에는 나름 이름을 날렸던 이도, 신체를 손상당해 힘을 잃은 순간 가차 없이 외도에 버려진다.

그들은 그야말로 아무것도 주어지지 않은 척박한 장소에서 어떻게든 살 방법을 궁리해야 한다.

이러한 차별성에도 이들이 움직이지 않는 건 강자존의 논리 때문이기도 했지만, 단 하나의 희망이 있었기 때문이다.

'승급 시험.'

3개월에 한 차례. 위로 올라갈 수 있는 시험을 치른다. 외도의 모든 이가 이 시험 하나에 매달린다.

나는 남과는 다르다며.

모두가 그런 생각을 갖고 있었다.

정작 시험에서 올라갈 수 있는 건 극소수임에도 불구하고.

무영은 이 외도에서 1년간 잠입을 해본 경험이 있었다. 그래서 누구보다 이곳의 생리를 잘 알았다.

하지만 차근차근 올라갈 생각은 눈곱만큼도 없었다.

무영에게 있어서 시간은 금보다 소중했다. 더욱 빠르고, 파격적인 방법이 필요했다.

무영은 파이어 본 드래곤에 올라탔다.

일곱 기의 본 드래곤이 하늘을 떠다니고 있었다.

그 위에 각자 타칸과 스노우, 아인이 탑승한 상태였다.

"저, 저게 뭐야?"

"본 드래곤? 본 드래곤이 일곱 기나……."

외도의 사람들은 넋을 잃었다.

댕! 대애앵!

진짜 성 안에 있던 이들도 발 빠르게 움직였다.

하지만 무영은 공격의 의사를 나타내지 않았다.

대신 다른 이름을 빌렸다.

"알려라! 사령세가의 적자 '반야'가 돌아왔노라고!"

무영은 반야가 되었다.

사령세가는 오대세가 중 하나.

비록 지금은 세를 많이 잃었지만 아직도 그 전통성과 기괴함으로 오대세가의 말석을 차지하고 있었다.

하지만 세가의 특성상 대를 이을 적자가 필요한데, 유일한 적자였던 반야는 어렸을 적 사고로 인해 현재 행방불명 상태였다.

수많은 인력과 금력을 들여 반야를 수소문했으나 십칠 년이 지난 지금까지도 반야를 찾지 못하고 있었다.

세는 더욱 기울었고 오대세가에서 사령세가를 빼야 한다는 논의마저 나오는 상황.

실제로 이대로 가다간 다른 곳이 오대세가의 자리를 차지하게 된다.

그만큼 급박한 상황이었다.

그때 무영이 등장했다.

아니, 반야가 등장했다.

본 드래곤 일곱 기를 대동한 채!

그야말로 금의환향.

'이들은 내가 가짜인 걸 알아도 쳐낼 수 없다.'

많은 이가 자신이 반야라며 사령세가의 문을 두드렸다.

그들은 모두 목이 잘린 채 장대에 걸렸다.

정통성. 핏줄을 중시하는 세가의 영향 때문일까?

무영은 고개를 저었다.

무려 17년이다.

반야는 너무 어렸고 이제는 그 특징도 잘 기억이 나지 않을 시기다.

그저 반야를 대처할 재목이 없었을 따름이다.

과거 사령세가의 가주 '반고'를 암살할 때 무영이 얻은 확실한 정보였다.

그래, 그들은 절대로 무영을 쳐낼 수 없다.

오히려 이 기회를 어떻게든 활용하려 들겠지.

무영이 가짜인 걸 드러내고 죽이는 건 그다음에 해도 된다.

웅성! 웅성!

성벽에 수많은 이가 모였다.

본 드래곤이 일곱 기나 있는 모습을 누구도 본 적이 없으므로.

그들은 경계심 반, 신기함 반으로 무영을 대했다.

더불어 무영에게 전투의 의사가 없음을 모두가 알았다.

"반야?"

"또 가짜 아니야?"

"가짜가 본 드래곤을 타고 나타나나, 보통?"

본 드래곤의 위용에 기가 질렸다.

평범한 본 드래곤도 아니었다. 전신이 불타는 본 드래곤, 그 위에 무영은 아무렇지도 않게 서 있었다.

"반야? 네가 정말 반야라는 말이냐!"

그때 열두 마리의 말이 끄는 마차를 타고 몇 명의 고수와 함께 황의를 입은 늙은이가 성벽 위에 모습을 드러냈다.

사령세가의 대장로, 반허.

그가 나타났다는 건 사령세가 쪽에서도 이번 일을 심각하게 받아들이겠단 뜻이었다.

무영은 억지로 웃어보였다.

"반허! 오랜만이군. 아직도 '유공'이 죽은 일 때문에 나를 미워하고 있나?"

유공은 반허가 키운 개의 이름이다.

그것을 반야가 죽였다.

하지만 이 사실을 아는 이들은 극소수다. 굳이 공표할 일이 아니었던 탓이다.

"……!"

반허가 눈을 크게 떴다.

설마 정말 반야라고 생각하고 오진 않은 모양이었다.

하기야, 그의 기억 속의 반야와 무영의 모습엔 차이가 있을 수밖에 없었다.

무영은 반야의 커다란 특징 몇 가지를 제외하면 더 이상의 분장을 하지 않았다.

이번에도 가짜라 생각했을진대, 유공의 일을 알고 있다면 얘기가 다르다.

"나는 돌아왔다. 더욱 강한 사령의 힘을 가지고서! 빨리 문을 열어라, 반허."

무영은 반허를 압박했다.

일곱 기의 본 드래곤. 그 위상을 수많은 이가 지켜보고 있다. 하물며 이 힘 모두가 사령세가의 적자인 반야가 갖고 있는 것이라면…… 세가는 다시 한번 도약할 기회를 얻는 셈이다.

반허는 살짝 고민하는 기색이었다. 여태껏 수많은 사기꾼이 사령세가의 문을 두드렸던 탓이다.

하지만 유공의 일을 알고 있고 저만한 힘을 갖췄다. 저런 힘을 지녔다면 응당 소문이 났을 텐데 반허는 들어본 적도 없었다.

일곱 기의 불타는 본 드래곤을 다루다니.

본 드래곤은 언데드 최상위의 종이다.

홀로 작은 도시 하나를 부술 수도 있었다.

"문을 열어라!"

반허는 결정했다.

저게 진짜인지 가짜인지 모르지만 받아들이기로.

무영은 입가에 얕은 미소를 지었다.

정보는 무영의 가장 큰 무기다.

남들이 모르는 정보를 토대로 이익을 창출하는 것.

지금 역시 마찬가지였다.

무영은 자신만이 가지고 있는 정보, 혹은 사령세가의 은밀한 비밀을 꺼내어 그들의 신뢰를 얻었다.

그리하여 단숨에 모든 단계를 뛰어넘고 가장 안쪽인 '청룡의 대지'에 들어올 수 있었다.

어차피 이 반야라는 이름도 고대 병기 엘라르시고만 얻으면 버릴 것이었지만, 엘라르시고를 찾을 때까진 좋든 싫든 반야를 연기할 필요가 있었다.

그나마 다행인 점이라면 본래 반야의 성격 자체가 안하무인이었다는 것.

눈치를 안 본다는 점에선 무영과 비슷했다.

사령세가는 거대하다.

소속된 무인만 삼만여 명. 다른 거대 세가에 비하면 적은 숫자지만 모두 정예라 할 수 있었다.

그리고 지금 그들의 주인인 '사령반고'가 눈앞에 있었다.

과거 암살했던 이가 지금은 어쨌든 아버지의 역할로 앞에 있으니 기분이 묘했다.

"오오, 반야! 정녕 네가 살아 있었단 말이냐!"

거대한 회장 안.

자신만의 왕좌에 앉아 있던 반고가 계단을 내려와 무영을 꽉 안았다.

하지만 그냥 안은 건 아니다.

그는 모종의 기운을 쏘아내 무영의 안쪽을 탐색하려고 했다.

무영은 내심 피식 웃고 말았다.

반고. 그가 무영의 진짜 정체를 알았다면 이따위 짓은 하지 않았을 터였다. 무영만큼 기를 다루는 데 있어서 경지에 이른 자는 사람 중엔 없을 테니.

모든 걸 보여줄 순 없지만 그렇다고 아무런 힘도 보여주지 않을 순 없는 노릇.

무영은 오로지 '죽음의 힘'만을 반고가 느끼게 만들었다.

"허어!"

무저갱과 같은 그 힘을 맛본 반고가 화들짝 놀랐다.

그의 전신이 움찔거렸고 탄성을 자아냈다.

"17년간 많은 일이 있었던 모양이구나. 잘 돌아왔다. 잘 돌아왔어."

그 힘을 본 반고는 아예 반야를 아들로 생각해 버렸다.

하지만 경계를 마냥 푼 것은 아니다. 가짜일 경우, 그 진위를 떠보고자 하는 기색은 분명히 있었다.

하여, 무영은 일단 신뢰를 얻고자 하였다.

엘라르시고를 찾을 때까지 은신할 은신처가 필요했으니.

"이제는 세가를 위해 일하고 싶습니다."

"암, 당연히 그래야지! 그래야 사령세가의 적자라 할 수 있지!"

반고가 흐뭇하게 웃었다.

"그런데 저자들은?"

반고가 무영의 뒤에 있는 이들을 가리켰다.

타칸, 아인, 그리고 스노우.

각자 특색이 뚜렷한 삼인방은 반고 외에 다른 이들의 시선도 한눈에 받았다.

"빠!"

스노우가 슬금슬금 눈치를 보다가 무영이 눈길을 주자 주저 없이 달려와선 끌어안았다.

그러자 반고의 표정이 살짝 굳었다.

"네 딸이더냐? 그런 것 치곤 좀 큰 거 같다만."

무영은 고개를 저었다.

"딸이 아닙니다. 정신이 나가서 그렇습니다."

"지진아란 말이냐? 그런 애를 왜 데리고 다니는 게냐?"

무영은 적당히 말을 지어냈다.

어차피 셋만 입을 다물면 이들은 결코 진위를 알아낼 수 없었다.

"이 셋은 제가 17년간 살아남는데 도움을 준 동료들입니다. 더불어 가주님을 제외한, 이곳에 있는 누구보다도 강하지요."

"어허. 어린 것이 말이 좀 과하구나!"

잠자코 말을 듣던 남자 한 명이 튀어나왔다.

반중.

사령세가의 가장 거대한 무력 집단인 '사령단'을 이끄는 자.

그는 무영이 마음에 안 드는 기색이었다.

하기야 갑작스럽게 출현한 적자다.

가주 다음가는 영향력을 가진 게 그였다.

하지만 무영의 출현으로 인해 자신의 위치가 흔들릴 공산이 컸다.

무영은 그를 바라보며 말했다.

"한번 싸워보시겠습니까?"

척!

타칸이 한 발 나섰다.

타칸은 전신을 가리는 새까만 갑옷을 입고 있었다.

거침없이 검을 뽑았다.

절제된 동작. 누가 봐도 고수의 풍모였다.

"신성한 회장에서 이게 무슨 짓이더냐!"

가주인 반고가 외쳤다.

하지만 타칸은 아랑곳하지 않고 말했다.

"내 주군을 욕보이는 자는 죽인다."

살벌하기 짝이 없는 말투. 실제로 냉기가 느껴지는 듯했다.

무영은 내심 고개를 끄덕였다.

2년간 무슨 일이 있었는지는 모르겠지만 타칸의 연기 실력이 부쩍 늘었다.

반중의 얼굴이 새빨개졌다.

그는 노장이다. 나이를 먹었고 그만큼 강하며 전투의 경험도 많다. 그런 그가 봤을 때 지금 이 상황 자체가 어린이 장난과 같았다.

하나 장난이 조금 심했다.

반중은 심각한 표정으로 엄중히 말했다.

"가주님, 반야 도련님께서 돌아온 것은 응당 축하해야 할 일이나 세가의 질서는 지켜져야 합니다. 도련님께서 오랫동안 외지 생활을 하시다 보니 세가의 질서를 잊으신 듯합니다."

질서?

무영은 내심 혀를 찼다.

그야 사령세가는 가장 오래되었고, 가장 큰 집단 중 하나다.

고유의 질서가 있게 마련인데 그런 것은 무영과 아무런 상관도 없는 것이었다.

질서를 운운해도 결국은 힘이 정의다.

무영은 일곱 기의 본 드래곤을 보이며 이미 자신의 힘을 입증했다.

그럼에도 달려드는 건 무영이 보기에 발악과 같았다.

'반중. 그는 차기 가주가 됐지.'

무영의 기억상에는 그렇다.

가주 반고가 무영에게 암살당하고 차기 가주의 자리에 반중이 올랐다.

이후 급격한 몰락이 시작됐다.

싸움만 잘하지 정치나 경제활동에 대해선 너무나도 무지했던 탓이다.

바야흐로 혼세의 시기.

당시를 무영이 요약해 보자면 '지독한 정치판'이었다고 할 수 있었다.

온갖 모략이 판을 치고 말도 안 되는 가십으로 집중포화를 당해 사라지는 집단이 부지기수였다.

사령세가는 그 흐름에 적응하지 못했다.

정확히는 반중이 너무나도 수동적이었다. 변화를 쉽게 받아들이지 못한 게 가장 큰 패착이었다.

어쨌거나 차기 가주가 거의 확정 된 상황에서 무영…… 아니, 반야가 등장했다.

그야 아랫배가 살살 아파올 만도 하였다.

어떻게든 기를 꺾어 자신의 위치를 지키려고 하겠지.

사실상 세가 내에서 무영의 편은 거의 없다고 보면 된다.

어떻게든 무영을 이용해 먹으려는 자와 무영을 싫어하는 자만이 있을 따름이다.

그것을 무영도 잘 알고 있었다.

그래서 반대로 그들을 이용하여 이곳을 은신처로 만들 작정이었던 것이고.

"회장에서의 싸움은 아니 된다. 또한 반야의 의견도 들어봐야 하지 않겠더냐?"

반고는 절충안을 냈다.

하지만, 그건 겉보기에 불과하고 속내는 아마도 무영과 무영의 동료들에 대한 무력을 시험하고 싶은 것일 터.

단순히 본 드래곤 7기만으로는 전부 만족하진 못한다는

뜻이다.

하지만 사람은 이기적이라 자신이 제어할 수 있는 강력한 힘을 원한다. 여기서 무영이 본신의 힘을 꺼내거든 반드시 견제하려 들 것이었다.

그래서 무영은 전적으로 이번 일을 타칸과 아인에게 맡기기로 하였다.

그를 대충 깨달았는지 타칸이 무영을 향해 고개를 끄덕였다.

'많이 변했군.'

눈치도 생기고, 연기도 할 줄 알고, 판도 읽을 줄 안다.

2년간 타칸이 어떠한 생활을 했는지 조금 궁금증이 생길 정도였다.

"언제든지."

무영은 느긋하게 말했다.

눈을 살짝 깔고 배를 내밀어 최대한 거만한 몸짓으로 말이다.

무영은 그림자 뒤에 숨어 암살하는 걸 즐겨했지만 이처럼 변장을 하고 다른 사람의 흉내를 낸 적도 없진 않았다.

아마도 반야가 살아 있다면 이와 비슷한 느낌이었으리라.

무영은 이어서 주변을 둘러본 뒤 몇 마디 더 보탰다.

"나는 사령세가의 적자다. 마음에 안 든다면 힘으로써 굴복시켜라."

"저, 저……!"

"허어."

오만하기 짝이 없는 말.

삽시간에 회장의 분위기가 싸늘하게 굳었다.

하지만 이 모든 게 '사령세가의 적자'이기에 가능한 일이다.

무영은 굳이 그 부분을 강조했다.

오히려 이쯤은 해주지 않으면 반대로 실망했을 것이다.

예상대로 반고가 보일 듯 말 듯 미묘한 미소를 지었다.

'은신처로는 최고로군.'

무영은 적당한 신뢰만 얻으면 된다.

어차피 진짜 목적은 사령세가에 없었다.

고대 병기, 엘라르시고!

땅에 봉인되어 있는 그것만이 무영의 진짜 목적이었다.

타칸이 단상에 올랐다.

넓지도 좁지도 않은 단상은 대련장.

타칸의 상대로 나온 이는 중년의 남자였다.

반산. 반중의 직전제자. 아마도 반중이 이끄는 사람들 중에서 가장 강한 자일 것이었다.

무영도 주의 깊게 지켜보았다.

반중이나 반산은 신경도 안 썼다.

그저 타칸의 성장을 눈여겨보고 싶을 뿐.

대략적으로나마 무영이 느끼기에 타칸은 이미 인류 10강의 수준을 맴돌고 있었다.

하지만 이는 단순히 수치의 개념이고 진정한 실력은 목숨을 건 싸움에서 드러난다.

반중과 반산은 타칸을 죽이려 들 것이었다.

그래서 무영의 콧대를 납작하게 눌러주려는 계획이 시작 전부터 보였다.

반면 무영은 상대를 죽여도, 살려도 문제다.

죽이면 그다음의 대처에 따라 앞으로의 행방이 달라질 것이고 살리면 어느 정도 경고의 의미가 전달됨과 동시에 사령세가에서의 행동이 조금 자유로워질 터였다.

어느 쪽이든 이긴다는 전제 조건이 붙긴 하지만.

"반산이라 하오."

"타칸."

타칸은 자신의 컨셉을 유지하고 있었다.

무식한 전사. 하지만 명예만은 아는 그런 전사.

전신에 검은색 갑주를 입은 타칸이 검을 뽑았다.

스르릉!

거대하기 짝이 없는 대검.

반산의 무기는 도였다.

1.5m 길이의 장도. 한쪽의 검신만이 반짝이고 있었다.

그리고 결투의 참관인으로 유망 있는 사람들이 참여했다. 그중에는 가주인 반고도 포함되어 있었다.

"결투를 시작하라."

반고의 말을 기점으로 반산이 재빠르게 움직이기 시작했다.

반산은 사령세가에서 자랑하는 초절정의 고수다.

사령대를 이끄는 반중의 직전제자. 하물며 그 실력도 월등하니 가장 촉망받는 기재라고 할 수 있었다.

팔(八)자로 바닥을 밟았다. 상대의 눈을 현혹시키는 움직임이다. 느끼기에 느리기 그지없지만 인식하지 못하는 사이 다가와서 상대를 일도양단하는 게 반산의 전법인 듯싶었다.

동시에 반산의 주변으로 안개가 들어찼다.

안개는 시야를 흐릿하게 만들고 반산의 위치를 헷갈리게 하는 데 동조했다.

위협적인 연계 기술.

툭!

타칸이 바닥을 세게 밟았다.

휘이이이잉!

그러자 거친 바람이 불며 안개가 날아갔다.

반면 타칸의 주변으로는 잔잔한 바람이 소용돌이쳤다.

타칸은 쏘아낸 바람과 닿은 모든 걸 느낄 수 있었다. 자신의 거미줄에 낚인 게 무엇인지 파악하는 거미처럼.

촘촘하기 그지없는 바람의 길을 반산은 아무런 의심 없이 걸었다.

안개가 날아갔어도 자신의 기술이 먹히리라 장담하는 모양.

타칸은 검을 위로 들었다. 당연히 가슴이 빈다. 무언가의 기술을 펼치기 위한 준비동작.

하지만 준비 동작이 너무 크다.

그 틈을 반산이 파고들었다.

수우욱!

최단의 거리. 빠른 횡 베기였다.

휙!

하지만 반산은 허공을 갈랐다.

타칸의 잔상만을 베었을 따름이다.

"컥!"

하지만 반대로 반산은 피를 토했다.

어느덧 어깨에서부터 배꼽까지 이어지는 긴 상처가 생겨났다.

"궁신탄영!"

"저건 궁신탄영이라기보단 어기충소 아닌가?"

"허, 해괴한 기술이로다."

궁신탄영은 몸을 굽혀 순간적으로 나아가는 기술이고 어기충소는 기를 다스려 튕겨 올라가는 기술명이다.

타칸은 이 두 가지를 섞은 기술을 사용한 것처럼 보였다.

거기에 하나 더. 기술을 사용함과 동시에 들어오는 상대를 베었다.

검을 내려치며 그 반탄력으로 빠르게 빠졌는데 검은 어느덧 반산을 베어버린 것이다.

노리고 사용한 것이라면 말도 안 되는 고수다.

'볼 것도 없겠군.'

한 합에 모든 걸 보였다.

극명한 실력의 차이.

방금 전 타칸이 사용한 기술은 본 이로 하여금 고개를 절로 끄덕이게 할 수밖에 없었다.

무영도 마찬가지였다. 방어와 공격을 동시에 해내는 저런 전투 방식을 타칸은 어디서 가져온 것일까?

"아직……."

반산이 몸을 세웠다. 출혈이 많지만 죽을 정도는 아니다.

타칸이 목을 풀었다. 얌전히 쓰러지지 않은 게 마음에 들지 않은 듯싶었다.

이어 타칸이 대검을 뒤로 잡았다.

후우우웅!

바람 소리와 함께, 마치 검을 뽑듯 빠르게 쳐 나갔다.

눈치챘을 때 타칸은 반산의 뒤에 서 있었다.

그리고 반산의 몸이 정확히 두 조각이 나 스러졌다.

피 한 방울 묻지 않은 상태로 타칸이 검을 집어넣고 그대로 결투장을 내려왔다.

"……."

모두가 할 말을 잃었다.

반산이 죽어 시체가 되었음에도 반중이나 반고 역시 정신을 차릴 수 없었다.

극상의 발도술!

일정 경지를 넘은 달인의 솜씨.

반중과 반고 모두 타칸의 움직임을 읽지 못했다.

만약 반산의 자리에 자신이 있었다면…… 막을 수 있었을지.

'다혈질적인 성격은 여전하군.'

원래는 살리려고 했다.

하지만 반산이 다시 일어서자 신경질적으로 죽인 걸 무영은 알았다.

그래도 타칸의 성장은 엿볼 수 있었다.

가히 검을 다루는 부분에 있어선 검일을 뛰어넘었다.

2년이 조금 더 된 시점에서 검일에게 처참하게 패배했던 타칸이 패배를 딛고 더욱 강해진 모습으로 나타난 것이다.

무영도 고개를 끄덕일 수밖에 없었다.

"나는 사령세가의 적자로서 언제든지 결투를 받아들일 준비가 되어 있소. 하지만……."

안정은 원하지만 너무 쉽다는 인상을 줘서도 안 된다.

무영을 계륵처럼 여기게끔 만들어야 했다.

무영은 타칸과 함께 결투장을 벗어나며 서늘하게 말했다.

"목숨을 걸어야 할 것이오."

사령세가의 적자 반야가 돌아왔다!

소문은 삽시간에 퍼졌다. 군자성은 넓지만 또 좁다.

특히 기득권층이라 일컬어지는 그들은 군자성에서 일어나는 모든 일을 알고 있었다. 당연히 화젯거리인 반야의 출현은 그들도 눈여겨볼 수밖에 없었다.

"본 드래곤 일곱 기라……."

"중견 세가를 혼자 쓸어버릴 전력이로군."

반야는 요주의 대상이었다.

본 드래곤은 최상급의 괴물이다. 만들어진 재료에 따라서 차이가 극명하긴 하지만 파이어 본 드래곤이라면 최상급 3단계는 충분히 된다.

그런 괴물이 일곱.

"사령세가가 다시 올라오겠어."

"그래도 반야 자체가 검증된 건 아니잖은가."

"사령세가가 10여 년 만에 만찬에 모습을 드러내겠어."

"무율세가가 몰락했다. 사령세가의 자리를 노리는 세가도 많았지. 여러모로 이번 만찬은 기대가 되는군."

오대세가는 항시 유지되어야 한다.

하지만 대도시에 터를 잡았던 무율세가가 몰락했다.

무율세가가 몰락한 일에 대하여 모두가 쉬쉬하는 분위기지만 그들의 행실로 보면 언젠가 몰락을 하는 게 당연하긴 했다.

그리고 그 자리를 차지하고자 중견세가들이 치열하게 경쟁을 벌이고 있었다.

사령세가도 차차 몰락해 가던 와중 재기의 발판을 잡았다.

가만히 있을 리 없다. 분명히 수를 쓰려고 할 것이다.

"자네들, 지켜보기만 할 건가?"

그리고 반야와 마찬가지로 거대 세가의 적자들이 한자리에 모여 있었다.

은밀한 방.

사실상 사령세가와 무율세가를 제외한 모든 거대세가의 적자들이 서로 교류를 하는 장소였다.

그들은 갑작스러운 반야의 출현이 달갑지 않았다.

사령세가는 시체를 다룬다. 그 기괴함으로 인해 달갑게 보지 않는 이들이 많았다.

자연스럽게 몰락해 가던 와중이었건만, 반야가 나타났다.

당연히 반야는 그들에게 있어서 눈엣가시다.

모두의 시선이 한곳으로 쏠렸다.

한쪽 벽면에 한 남자가 기대어 있었다.

나이는 서른 중후반 정도로 보였으나 무겁기 그지없는 분위기가 주변을 은은하게 맴돌았다.

이 모임을 주체하고 이 모임에서 가장 거대한 권력을 지닌 남자.

그의 한마디는 확실히 파급력이 있다. 적어도 군자성에서 그를 거스를 사람은 없었다.

군자성. 거대한 요새이자 요람. 그곳의 왕과 같은 취급을 받는 것이 남자였다.

군림세가의 적자 군림건!

여태껏 침묵을 지키던 그가 조용히 말했다.

"기어오르지 못하게 눌러줘야겠지."

48장
만찬회

저녁은 무영의 시간이다.

태양이 가라앉고 달이 뜰 때, 비로소 무영이 움직이기 시작했다.

어둠에 녹아들어 모든 것을 굽어봤다.

군자성. 그중 가장 위의 급에 있는 청룡의 대지라 하더라도 이 시간의 무영을 잡아낼 수 있는 사람은 없다.

특히 내부에서 움직이는 것이니만큼 무영은 신출귀몰 그 자체였다.

'엘라르시고는 결국 인류가 가동하지 못했지.'

무영이 움직이는 이유는 단 한 가지.

엘라르시고를 빼앗기 위함이다.

군림세가는 엘라르시고의 봉인된 창고를 감췄으나 끝내

가동하지 못한다.

오히려 백여 기에 달하는 엘라르시고를 가동한 건 마신 쪽이었다.

덕분에 군자성엔 피바람이 불었다.

사상자만 백만 명이 넘게 나왔고 인류가 멸망가도를 걷는데 더욱 불을 붙이는 계기가 되었다.

'엘라르시고는 고대의 용이 만든 병기다.'

하지만 무영은 안다.

지금 시점에서 오직 무영만이 엘라르시고의 가동법을 알고 있었다.

아득히 먼 과거, 용이 신을 죽이고자 만든 병기가 엘라르시고였다.

'모든 용들의 왕'이라 불리는 초월체조차 존재하지 않았을 더욱 먼 과거의 이야기.

물론 봉인되고 방치되어 있는 걸 보면 신을 죽이는 데에는 실패한 모양이지만 시도는 좋았다고 할 정도로 엘라르시고는 강력한 병기였다.

그리고 엘라르시고를 가둔 창고의 봉인을 풀기 위해선 두 가지가 필요하다.

극도로 신성한 힘. 그리고 용의 힘.

무영은 둘 다 갖췄다.

스노우를 제외하면 오로지 무영만이 창고를 열 수 있다는 소리다.

'어디에 숨겼을까.'

문제는 그 위치를 무영도 모른다는 것.

하지만 결국 시간문제였다.

밤이 존재하는 한 탐색은 계속될 것이었기에.

게다가 무영에게 있어서 군자성의 내부는 눈 감고도 돌아다닐 수 있을 만큼 익숙했다. 이곳에서 행한 암살만 열 건이 넘는다.

'엘라르시고는 군림세가에서도 최상부만 아는 비밀이다. 그들은 몇 겹의 장치로 창고를 숨겼을 테지.'

당연히 눈에 보이는 장소는 아닐 터.

군림세가 내부일 리도 없었다.

무영은 머릿속에 군자성의 지도를 그렸다. 그리고 그중 몇 가지 장소를 체크한 뒤 발 빠르게 움직이기 시작했다.

푹!

비명조차 지르지 못한다.

작은 침 하나가 목을 관통한 순간 보초를 서던 남자가 고꾸라졌다.

그 옆으로 무영이 생겨나듯 나타났다.

몸에 녹아 있는 암살 기술. 사용하지 않는다고 닳을 리 없다.

'여기도 아니군.'

군자성엔 비밀이 많다. 당연히 감춘 것 역시 많았다.

벌써 일곱 곳.

좁은 지하 동굴을 내려가자 온갖 법보가 쌓여 있었다.

일종의 비자금이다. 마계에서 통용되는 공용 화폐가 법보였으므로.

그 숫자가 족히 만 장을 넘긴다. 심지어 모두 B랭크 이상의 법보였다.

그야말로 고혈을 쥐어짜낸 결과.

이만한 법보의 숫자와 질이라면 성도 하나 살 수 있을 것이었다.

'보초가 유독 많다고 했더니 이런 걸 숨겨두고 있었나.'

무영은 그중 한 장을 꺼냈다.

명칭: 자연스러운 호감

등급: A

분류: 일회용

효과: 인상이 더러워도, 망나니짓을 했더라도, 미워도 다시 한 번 돌아보게 만들어준다.

*지속 시간 120시간.

*강력한 호감도 보정.

*선을 얇게 해주는 착시 효과.

등급은 높으나 내용은 영 부실하다.

수요가 없을 거 같진 않지만 이곳에 있는 대부분의 법보가 이러했다.

아마도 진짜배기는 따로 사용하고자 빼돌린 모양.

그래도 이만하면 지금의 무영으로선 사용할 법하였다.

무영은 무한의 주머니를 열었다. 그리고 전부 담았다.

어찌 됐건, 내용이 부실한 법보라도 재화로써의 가치는 있었다.

성을 살 수 있는 수준의 재화를 버리긴 아깝다.

무영은 대비하는 사람이었고 언제고 사용할 일이 반드시 생길 것이었다.

무한의 주머니에 법보를 다 담은 뒤 손을 펼쳤다.

화르륵!

거룩한 불꽃이 동굴 내부를 태웠다.

비자금. 비밀리에 숨겨둔 장소.

당당하지 못한 일이니 공론화되는 일은 없을 것이다.

도리어 이곳의 주인은 필사적으로 사건을 은폐하려 들 가능성이 높았다.

무영은 등을 돌렸다. 그리고 홀연히 사라졌다.

"그거 들었나? 대도가 군자성에 숨어들었다는 이야기?"

길거리는 떠들썩했다.

며칠 사이 일어난 일들로 인하여 한 사람이 화제가 되고 있는 중이었다.

새로 나타난 사령세가의 적자 반야의 이야기도 뜨거웠지만, 이번 화제도 그 못지않았다.

"그래 봤자 도둑 아닌가. 조만간 손발이 잘려서 입구에 걸리겠지."

"아냐. 이번 대도는 달라. 유명한 대도는 많지만 그들도 청룡의 대지에서 도둑질을 하진 않잖은가?"

대도, 의적 등으로 이름을 떨친 사람은 많다.

아무래도 약육강식의 세계이다 보니 안 좋은 쪽으로 특화가 된 사람들이 많았고, 그중에서도 이름을 떨치는 사람들은 가히 '달인'의 경지에 이르렀다 할 수 있었다.

하지만 그런 도둑들도 군자성은 피해갔다.

털더라도 '청룡의 대지'만큼은 쳐다보지도 않았다.

그런 대담한 짓을 하던 도둑은 모두 죽었다. 손과 발이 잘리고 개의 먹이가 됐다.

하지만 이번 대도는 아직 살아 있다.

"뜬소문일 뿐이지. 실체는 확인이 안 되었으니, 그냥 도시

전설 같은 거 아니겠어?"
"고위층, 그니까 세가의 간부들이 쌓아 놓은 비자금을 노리는 모양이야. 벌써 수십 곳이 털렸다던데?"
"에이, 그 사람들이 어떤 사람들인데 넋 놓고 당하고만 있겠나? 말이 되는 소리를 해."
이처럼 뜬구름 잡는 소문으로 여기는 사람도 많았다.
군자성은 고수들의 집합소다. 특히 청룡의 대지엔 난다 긴다 하는 사람밖에 없었다.
그런데 수십 곳이 털릴 동안 아직도 못 잡았다?
그렇다면 도둑이 가히 '신'의 경지에 이른 사람일 것이었다.
어쩌면 사람이 아닐 수도 있었고.
아그작!
한 남자가 사과를 한 입 베어 먹으며 길가를 거닐었다.
남자는 평범한 인상으로서 크게 눈에 띄진 않았다. 하지만 보는 이로 하여금 이상하게 호감을 자아내고 있었다.
"사령세가의 적자 반야 아닌가?"
"그런 것치곤 인상이 조금 둥근 거 같은데."
"반야가 왜 이런 곳을 다니겠나?"
대놓고 목소리가 들려왔지만 남자는 아랑곳하지 않았다.
'법보의 효과로군.'
남자는 무영이었다.
현재 자연스러운 호감이라는 법보를 사용한 상태였다.

덕분에 반야라고 알아보는 이가 없었다. 첫 등장에 그만한 인상을 주었으니, 설마 사과나 먹으면서 길거리를 배회하리라곤 상상을 못하는 것이다.

'그나저나…… 대도라.'

무영은 피식 웃고 말았다.

지난 며칠이 사이 무영은 어느새 '대도'가 되어 있었다.

커다란 도둑. 대담한 도둑. 하여간 도둑 취급을 받았다.

아무리 비자금이라도 수십 곳을 털어버리면 소문이 날 수밖에 없는 것이다.

엘라르시고의 단서를 찾기 위해 본의는 아니었지만, 은밀한 장소를 뒤지다 보니 비자금이 있는 장소만 보게 된 것이다.

확실히 군자성은 썩을 대로 썩었다.

의심 가는 곳을 짚기만 하면 사람의 욕망을 은밀하게 숨겨둔 장소만 발견하게 된다.

숨겨둔 비밀이 많다는 건 분란의 조짐과도 같았다.

일이 닥쳤을 때 합치지 못하고 분열하는 결과가 선명하게 그려졌다.

'남은 장소는 120여.'

아직도 후보가 많다.

하지만 이중에 엘라르시고를 숨긴 장소가 있을 가능성이 높다.

군자성 어딘가에 있는 건 확실하니 넉넉잡아 한 달이면 충분할 것이다. 아무리 보안 수준을 높여도 무영의 손길을 피해갈 순 없다.

무영은 천천히 허름한 건물 안쪽으로 들어갔다.

"주문하시겠어요?"

어린아이가 주문서를 들고 걸어왔다.

평범한 음식점. 몇몇 사람이 테이블에 앉아 음식을 섭취하고 있었다.

"차가운 맥주 한 잔 그리고 뜨거운 우유 한 잔."

무영은 느긋하게 말했다.

"네, 금방 내어다 드릴게요."

아이가 주방으로 쪼르르 달려갔다.

대략 2분여가 지나자 아이가 다시 나타나 맥주와 우유가 든 잔을 건넸고, 무영은 우유가 든 잔을 자신의 반대편으로 옮겼다.

누군가 올 손님이 있는 것처럼.

그리고 잠시 후 웬 거한이 무영의 앞에 앉았다.

"나는 야수세가의 가휼이라 한다."

꿀꺽!

무영은 맥주를 마셨다.

가휼.

들어본 이름이다.

'야수세가의 적자. 무인 서열 32위.'

무영이 턴 곳에는 비자금만 있던 게 아니다.

별의별 이상한 정보들부터 시작해서 군자성의 서열록 같은 것도 있었다.

32위인지 아닌지 확신은 못하지만 꽤나 강자였다.

가휼은 나타난 즉시 주변에 기의 장막을 펼쳤다.

이야기가 새어 나가지 않도록 조심을 하는 것이다.

"나를 찾은 이유는?"

"만찬회를 조심해라."

만찬회.

1년에 한 번 거대 세가의 주축들이 회합을 갖는 자리.

무영도 은신하며 참여한 기억이 있었다.

어깨를 으쓱했다.

"별것도 아니군."

"군림건은 위험한 놈이다. 놈은 군림세가의 절반을 움직이지. 그는 변수를 좋아하지 않아."

무영은 변수 그 자체였다.

무영이 움직이면 과거가, 미래가 변한다.

그야 무영만 한 변수는 이 세상이 없다고 봐도 과언이 아니다.

"내게 굳이 그런 정보를 알려주는 이유가 있나?"

"지켜볼 가치가 있어서라고 하지."

위험을 동반한 일이다. 단순한 가치 때문에 이런 일을 저

지르진 않았을 터.

'군림건. 혹은 군림세가를 적대하는군.'

게다가 가휼은 혼자가 아닐 확률이 더욱 높았다.

군림세가를 적대하는 또 다른 집단.

그런 집단이 워낙 많아 무영도 전부 기억은 못 하지만 가장 컸던 게 '이름 없는 결사회'였던 것으로 기억한다.

철저한 점조직이어서 소탕이 불가했지만 군자성에서 무소불위의 권력을 행사하는 군림세가에 맞서고자 만들어진 가장 큰 조직이었다.

"시답잖은 장난질이로군."

하여, 무영은 일축했다.

맥주를 단번에 들이켠 다음 자리에서 일어났다.

무영이 떠나가려고 하자 가휼이 무영의 어깨를 잡았다.

"장난질?"

가휼의 행위, 혹은 군림건이 자신을 적대한다는 것 자체를 장난질로 몰아가자 그도 가만히 있을 순 없었다.

하지만 무영이 보자면 장난질 그 이상도 이하도 아니었다.

보통의 사람이라면 어깨가 찌그러질 악력이건만 무영은 멀쩡했다.

도리어 무영은 가휼의 손을 잡았다.

"끄읍……!"

가휼이 비명을 참았다.

손의 뼈가 부러지고 이상한 방향으로 뒤틀려도 무영은 놓지 않았다.

이만한 괴력이라니!

가휼은 반야에 대한 편견을 바꿨다.

단순히 본 드래곤 일곱 기를 가졌다고 해서 사령과 관련된 기술만 좋은 게 아니었다.

본신의 무력 자체도 이만하면 무시 못 할 수준이었다.

그 상태에서 눈빛을 내리깔고 무영이 말했다.

"그게 누가 됐건, 나를 건드리는 놈은 죽는다."

무영과 반야의 성격이 적절히 조화되었다.

이어 무영이 가휼을 내동댕이친 뒤 자리를 떠났다.

가휼은 억지로 뼈를 맞추다가 고통을 이겨내고자 잔에 따라진 액체를 입에 머금었다.

"우유……"

술인 줄 알았으나 맥주조차 아니다.

우유 한 잔.

심지어 뜨겁다.

장난질이라고 했던 그의 말이 문득 떠올랐다.

그의 입장에선 이 모든 게 어린애들 장난처럼 보였을 수도 있겠다.

가휼은 인상을 구기며 우유를 한 번에 들이켰다.

어딜 가든 파벌 싸움은 있는 법이고 튀어나온 모서리엔 별의별 사람들이 달라붙게 되어 있었다.

하지만 무영은 그들의 놀이에 끼어들 생각이 눈곱만큼도 없었다.

그들의 싸움과 무영의 싸움은 엄연히 영역이 다르다.

그러나 건드린다면 무시하고 넘어가지도 않을 셈이었다.

누구에게 검을 뽑아 들었는지 철저하게 각인시킬 것이었다.

"반야, 만찬회에 참여할 생각이 없느냐?"

사령세가의 가주인 반고가 물었다.

물었지만, 사실상 반강제와 같았다.

그리고 무영도 딱히 거부할 생각은 없었다.

만찬회엔 모두가 모인다. 그만큼 많은 정보가 오간다.

그들 중 엘라르시고와 관계된 인물을 찾을 수도 있을 것이다. 그리고 아무런 의심 없이 군림세가 등에 첩자를 심어놓을 절호의 기회이기도 했다.

반쯤 죽여야 한다는 조건이 있긴 했으나 무영에겐 살아 있는 이조차 언데드로 만들어낼 스킬이 있었으므로!

하지만 모두가 만찬회에 반야가 참석하는 걸 반기는 분위기는 아니었다.

"너무 이르지 않겠습니까?"

반중.

자신의 제자인 반산을 내보내 타칸과 대결을 시켰던 남자.

사령세가의 최고 권력자 중 하나인 그가 반대하고 나섰다.

만찬회에 반야가 참여한다는 건 무영을 반야로 받아들였다는 표시가 된다. 반중으로선 여간 내키지 않는 일일 수밖에 없었다.

반야가 공식적인 후계자로 발돋움하면 반중의 자리가 위태로워지기 때문이다. 후계자가 없어서 누렸던 특권들을 그대로 반납해야 했다.

"반중, 어째서 이르다고 생각하는 것이지?"

세가의 가주인 반고가 묻자 반중이 살며시 미소를 지었다.

"'대모'님께 방문을 해야 하지 않겠습니까? 어렸을 적 반야 도련님을 그토록 아끼셨던 분이니 말이지요. 그게 정상적인 절차라고 봅니다."

순간 반고의 표정이 사납게 일그러졌다.

반중의 의견을 반기지 않는 티가 역력했다.

"대모님께선 정신이 정상적이지 않으시네."

"도련님과 문앙 님을 잃고 그리 되신 게 아닙니까? 반야 님이 돌아오신 걸 알면 크게 반기실 겁니다."

여태껏 후계자가 없었던 이유는 간단하다.

처 문앙과 아들 반야가 실종된 이후 반고가 재가를 하지 않았기 때문이다.

또한 은밀한 남자의 사정도 있었다.

사령세가는 죽음을 다룬다. 시체를 만지고 독에 중독되는 경우가 많다. 그리고 그 독으로 말미암아 남자를 잃는 일도 비일비재했다.

반고는 더 이상 2세를 낳을 수 없었다. 그것이 재가를 하지 않은 가장 큰 이유라는 걸 세가의 대부분 사람은 알고 있었다.

하여 그동안 반중 쪽으로 무게가 많이 쏠렸던 게 사실이다.

그러나 반야가 돌아오면 다시 이 무게의 추가 반고 쪽으로 중심을 옮긴다.

하나, 대모에게 반야를 보인다면 그 결과를 예측할 수가 없었다.

'설혹 진짜 반야라도 알아보시지 못할 것이다.'

반중 그리고 반고가 동시에 확신하는 사항이었다.

정신이 나간 대모는 모든 게 폐쇄되었다. 하여 구중궁궐의 더욱 깊은 장소에 유배처럼 보내두고 있었다.

게다가…… 자칫하면 반야가 죽을 수도 있었다.

그녀는 마왕과의 전쟁을 겪은 진짜 '고수'였다.

홀로 사령세가를 세우고 모든 걸 일궈낸 진정한 여장부.

아무리 힘을 오랜 시간 사용하지 않았더라도 고수의 풍모는 그대로 유지한 채였다.

말은 안 하지만 대부분이 동의하는 분위기였다.

진짜 반야라면 대모님도 알아보실 것이라며 생각을 하는

듯싶었다.

반고는 선택을 할 수밖에 없었다.

'본 드래곤 일곱 기와 강력한 4명의 전우를 두었다. 반야의 본신 실력도 평균 이상일 터.'

후계자를 일으키는 일이다. 모두의 동의가 필요하다.

여기서 거절했다간 역풍을 맞을 수도 있었다.

하지만 반야를 잃으면?

반고가 보기에 반중은 욕심이 많다. 여태껏 잘 누르고 있었지만 반야가 죽는다면 더도 보지 않고 야욕을 펼쳐 낼 것이다.

가짜이든 진짜이든 지금의 반야를 후계자로 여겨야만 하는 이유였다.

"대모님을 뵈러 가겠습니다."

그때, 반야의 탈을 쓴 무영이 말했다.

사령세가의 대모라면 한 명뿐이다.

'암령 서은세!'

과거 이름은 쟁쟁했으나 무영도 보진 못한 인물.

그 실력은 웡 청린을 뛰어넘을 수도 있다고 전해지던 미지의 고수다.

무영이 활동했을 시기엔 이미 죽어서 볼 수 없었지만 그녀가 남긴 족적은 절로 감탄이 나오기에 충분했다.

말하자면 은퇴한 전대 고수다.

암령(暗令)이라 불릴 만큼 은밀했으며 홀로 수천의 악마를 상대한 '죽음의 교과서'라고도 불리는 인물이었다.

설마 살아 있을 줄이야.

당연히 죽었을 줄 알았다.

살아 있다면 한번 보고 싶었다.

비슷한 영역에서 달인의 경지에 오른 이에 대한 열망과도 같았다.

"보십시오. 도련님도 긍정하시지 않습니까? 이 얼마나 아름다운 광경입니까! 대모님도 무척이나 기뻐하실 겁니다."

반중이 먼저 선수를 쳤다.

반고의 표정이 더욱 굳어버렸다.

당사자가 고개를 끄덕였는데 더 막을 명분이 없었다.

가장 웃어른을 먼저 만나야 한다는 그 명분을 이길 것도 없었으니 사실상 이 싸움에선 반고가 패한 셈이었다.

'구중궁궐'이라고 칭하기에 부족함이 없는 궁의 모습이 펼쳐졌다.

적어도 궁의 규모면에 있어선 군림세가와도 맞먹을 것 같았다.

사령세가가 지어질 당시 얼마나 성세를 누렸는지를 알 수 있는 대목이었다.

하지만 지금은 거의 비어서 죽어버린 궁과 같았다.

반고와 무영은 함께 걸었다.

이 궁 안에 들어올 수 있는 건 선택받은 사람뿐.

"대모님은 여기에 있는 누구보다 강하다. 하나 정신이 정상적이지 않으시지. 한 명 이상이 들어오면 엄청나게 경계를 하시기에 너 혼자 들어가야 하는데…… 자칫 잘못하면 네가 죽을 수도 있다."

반고가 말했다.

이미 선택된 결과였고 되돌릴 수 없으니 충고라도 하는 것이다.

"제가, 말입니까?"

무영은 어깨를 으쓱했다.

확실히 암령 서은세는 강하다.

그녀가 전성기 시절의 실력을 아직도 갖추고 있다면 인류 10강의 판도도 바뀔 것이었다.

그럴 것이라 예상되는 전대 고수가 몇 명 있긴 있었고 서은세도 그중 한 명이었다.

하지만 그런 전대 고수들이 들이닥쳐도 현재의 무영을 이길 순 없다.

전력을 내보일 필요조차 없었다.

이러한 자신감을 반고는 걱정했다.

반고는 반야를 반쯤은 이미 진짜라고 믿고 있었다.

"마음 같아선 함께 가고 싶지만……."

이곳, 구중궁궐은 허락받은 사람만 들어올 수 있다.

하지만 주변에 보는 눈들이 있었다.

은밀한 곳에서 대놓고. 아마도 반중 쪽의 사람들일 것이다. 반고가 반야를 돕는 기색이 보인다면 정통성과 규율을 운운하며 둘을 몰아붙일 게 뻔했다.

"혼자서 들어가겠습니다."

하지만 무영은 혼자 들어가는 게 편했다.

보고 싶었던 전대 고수와의 만남.

살수림의 주인과 비견되곤 하였던, 혹은 그 이상으로 취급받았던 거물!

무영은 더욱 깊은 곳으로 홀로 발걸음을 옮겼다.

미로가 따로 없었다.

주변은 어두웠고 곳곳에 거미줄이 그득했다.

관리를 하지 않았다는 방증. 그만큼 방치된 채 머물러 있었다는 것이다.

무영은 곳곳에 부서진 잔해들을 치우며 걸어 나갔다.

그리고 가장 깊은 방에 도달했다.

"누…… 구……?"

벽에 기댄 기다란 백발의 소유자.

몸엔 주름이 가득했고 눈동자엔 초점이 없었다.

겉보기에도 정신이 나간 것 같았다.

암령 서은세. 과거 엄청난 고수로 추앙받던 말로가 이런 꼴이라니.

"반야."

무영은 짧게 말했다.

그러자 서은세가 고개를 들어 무영을 보았다.

"아니야…… 넌 반야가 아니야!"

서은세가 기다란 손톱을 들었다.

자리에서 일어난 순간, 거리를 좁혀 무영을 공격했다.

반의반 호흡만에 벌어진 일.

츠르르!

무영의 손엔 어느새 비탄이 들려 있었다.

비탄이 서은세의 손톱을 잘랐다.

쿵!

이어 기세 좋게 달려오던 서은세를 발로 걷어찼다.

벽에 처박힌 서은세를 바라보며 무영이 말했다.

"그래, 나는 반야 따위가 아니다."

굳이 가면을 쓰고 있을 필요는 없을 듯싶었다.

그래서 무영은 가면을 벗었다.

이어 서은세의 신형이 흐려졌다.

그림자처럼 어둠에 동화되기 시작했다.

"너를 죽이겠다. 너의 살점을 씹고 뼈를 토막 낼 것이다!"

모습은 보이지 않았으나 방 전체에 목소리가 울렸다.

하지만 무영은 방의 한구석으로 비수를 던졌다.
푹!
소리와 함께 비수가 붉게 물들었다.
"캬아아아아아!"
동시에 짐승과 같은 소리를 내며 서은세가 다시금 사라졌다. 투명인간이라도 된 것처럼 보이지 않는다.
무영은 손을 뻗었다.
툭!
"커헉!"
서은세의 목이 잡혔다.
아무리 모습을 감춰도 무영의 기감마저 속일 순 없다.
번데기 앞에서 주름을 잡는 격이다.
웡 청린과 비견되었다지만 무영은 이미 웡 청린의 실력을 아득히 뛰어넘고 있었다.
한마디로 번데기 앞에서 주름 잡는 꼴.
"암령."
무영은 서은세의 목을 잡고 정면으로 마주보았다.
숨결이 닿는 거리.
그리고 무영은 자신의 모든 격을 풀었다.
"아악! 아아아아악!"
서은세가 발버둥을 치기 시작했다.
무영의 눈을 바라본 순간, 그 지저와 같은 암흑을 느낀 탓이다.

마치 천둥이 내리친 것처럼 혼비백산하였다.

어둠과 신성, 정화의 불꽃과 루키페르의 영혼까지!

혼돈 그 자체 앞에서 서은세는 발버둥을 칠 수밖에 없었다.

하지만 무영도 서은세의 혼을 보고 느끼며 의아함이 생겼다.

그녀의 혼은 너무나도 불안정했다.

이와 같은 느낌을 전에도 한 번 받은 적이 있었다.

"단탈리온을 만났구나."

71좌의 마신, 단탈리온.

그는 달콤한 진실, 혹은 거짓을 알려주는 대가로 모든 걸 앗아간다.

무영이 멀더던을 만났을 때, 그 역시 단탈리온에 의해 죽음을 당했다.

반야를 잃고 미쳤다고 하지만, 아닌 것 같았다.

그렇다면 암령은 무엇을 알고 미쳐버린 걸까?

"네가 알고 있는 걸 내게 알려다오."

"아아아아아악!"

무영은 서은세의 영혼을 헤집었다.

마신과 관련된 정보는 알려진 게 거의 없다.

알 수 있다면 알아내야 한다.

암령이나 되는 이가 들어야만 했던 진실이란 것도 궁금하기 짝이 없었다.

잠겨 있는 문을 강제로 열었다. 서은세의 눈동자가 위로 올라가고 이내 눈동자의 하얀 여백만이 남자 그녀가 입을 열었다.

"지구는…… 이미 멸망했다. 우리가 돌아갈 장소는…… 없다."

무영이 미간을 좁혔다.

이건 또 무슨 소리란 말인가.

지금도 한 달에 한 번씩 게이트가 열린다. 지구에 있던 사람들이 게이트를 타고 마계로 들어오는 중이었다.

지구가 멀쩡하다는 방증이다.

멸망했다면 사람들이 넘어오지 못했을 것이다.

그 사실이 퍼지지 않았을 리도 없었다.

그리고 멸망했다면 알렉산드로 퀸타르트가 그토록 돌아가고 싶어 했을 리 없었다.

"지구는 멸망하지 않았다."

"엘라르시고는…… 지구를 멸망시킨 병기다. 엘라르시고는 다시금 인류를 멸망으로……."

툭!

서은세가 고개를 꺾었다.

숨은 쉬고 있었으나 정신을 잃어버린 모양이었다. 아니, 그녀의 정신이 억지로 스스로를 놓게 만들었다.

'자기 방어기제.'

여태껏 그녀가 살아 있었던 이유.

더불어 확실하게 죽어가는 이유다.

웡 청린은 세뇌라는 이름으로 이 기제를 다뤘으나, 서은세는 자신의 방어기제에 한하여 엄청난 소질을 타고난 것 같았다. 단탈리온에게 당하고도 미약하기 짝이 없는 혼을 유지한 걸 보면 알 수 있었다. 대신 백치가 되었지만 말이다.

무영조차 손을 쓸 수 없을 수준이라니.

이 정도가 한계인 듯싶었다.

남아 있는 기억의 조각이 없었다. 무영이 볼 때 서은세의 혼은 이미 한계점에 도달한 상태였다.

'군자성이 만들어질 때, 그녀도 함께했다.'

엘라르시고를 언급한 걸 보면 서은세도 그 존재를 알고 있었다.

그러나 자기 방어기제로 하여금 모든 걸 잃게 만들었다.

알았으나, 지우고 싶은 기억이라는 뜻이다.

이 기억이 입을 통해 바깥으로 나가면 안 된다는 뜻이었다.

운이 좋았다.

무영이 미약하게 남아 있는 기억을 끄집어내지 않았다면 조만간 모든 기억이 삭제되었을 것이었다.

'만찬회에 참여해야겠군.'

그곳에 모든 중요인사가 모인다.

엘라르시고에 대하여 알고 있는 인물들이 더 있을 것이다.

또한, 아무래도 엘라르시고의 봉인을 풀어봐야 서은세의 말을 이해할 수 있을 것 같았다.

물론 서은세를 이대로 놔둘 생각은 없었다.

'좋은 신체다.'

암령으로 이름을 떨쳤던 여자다.

지금은 비록 늙어서 약화되었다지만 언데드로 만들면 이야기가 다르다.

S랭크에 달하는 죽음의 예술 스킬이라면 전성기 때의 힘을 고스란히 복원할 수 있을 것이다.

어차피 손을 안 쓰면 조만간 완전한 백치가 되어 죽을 터.

과거 무영이 활동할 때 그녀는 없었다. 이미 죽어서 백골이 진토가 되었다.

하지만 온전히 살아 있는 대상을 언데드로 만든 적은 없었다. 대부분 죽음 직전에 이른 사람을 생시로 기용했으나 지금의 암령 서은세는 크게 상처를 입지 않은 상태였다.

그래도 느낌이 좋았다.

여러 가지 종류의 극의를 맛본 무영은 자신의 한계선을 계속해서 늘려가고 있었다.

자신의 변화를 깨달았으며 이 변화가 자신을 좋은 방향으로 이끌어 가고 있다는 것 역시 알았다.

하여, 무영은 이제 변화를 두려워하지 않는다.

막 돌아온 당시의 무영은 그저 눈을 뜬 살인귀였을 따름이다. 사람을 죽이는 게 질려 마신들 쪽으로 시선을 돌린 것에 불과했다.

하지만 지금은 목표가 뚜렷하다. 무엇을 해야 하는지, 무엇 때문에 움직이고 있는지를 명확하게 인지하고 있었다.

"서은세, 내 눈을 봐라."

무영은 모든 힘을 개방했다.

우르르르르릉!

궁궐 전체가 흔들리기 시작했다.

무영에게서 쏟아지는 무형의 기운은 굉장히 이질적이고 압도적인 것이었다.

기절했던 서은세의 눈이 억지로 뜨였다. 그러곤 몸을 부들부들 떨었다.

서은세는 스스로를 봉인하고 기억을 삭제하는 중이었다.

그녀는 지금 백치와 거의 비슷한 상태다. 깨끗해진 영혼은 일종의 거울과 같았다. 보이는 모든 것을 그대로 반사하는.

"아아……."

겨우 입을 벌려 작은 비명을 내지른 게 전부.

무영은 억지로 그녀의 영혼을 쥐었다.

그리고 빚기 시작했다.

〈영혼에 대한 이해도가 수준급입니다.〉

〈서은세의 영혼이 사용자 무영에게 귀속됩니다.〉

〈이는 또 다른 영혼의 착취와도 같습니다.〉

〈'영혼 착취'의 스킬 랭크가 크게 상승합니다. F –〉 A〉

영혼 착취는 데스 로드의 고유 스킬.

일반 스킬들이 랭크가 오를 때에도 이건 오르지 않았다.

하지만 영혼 착취는 자주 사용할 수 있는 게 아니었다.

그래서 랭크가 오를 것도 없었다.

하나 이미 경지에 이른 영혼에 대한 이해도와 영혼을 직접 빚어내는 경우가 합쳐지자 한 번에 가파른 랭크의 상승을 맞은 것이었다.

하지만 무영은 서은세의 영혼을 착취, 흡수할 생각까진 없었다. 죽지도 살지도 않은 중심의 경계. 그 경계에 선 무언가를 원했을 따름이다.

'죽음의 예술.'

혼이 완전히 자신에게 예속된 것을 확인한 뒤 무영은 죽음의 예술을 사용했다.

곧 검은 기류가 무영의 전신에서 뻗어 나가 살금살금 서은세의 몸을 집어삼키기 시작했다.

〈시체가 아닙니다.〉

〈온전히 살아 있는 신체입니다.〉

〈죽음의 예술 스킬(S)이 제대로 작동하지 않습니다.〉

〈데스 로드조차 제대로 시도하지 못했던 일입니다. 하지만 이와 관련 된 연구를 진행한 적이 있습니다. 그에게 조언을 구하시겠습니까?〉

'필요 없다.'

무영은 단박에 거부했다.

이면의 주인들은 어떻게든 무영은 자신의 후계자로 만들려고 했다.

하지만 무영은 이제 그들을 어느 정도 안다.

그들은 결국 패배했다는 걸.

패배했기에 이면의 주인이 되었다는 것을!

그리하여 그들은 절대로 패배하지 않을 절대자를 원하게 되었다.

무영은 그런 그들의 입맛에 최적화된 사람이었다.

하지만.

'나는 패배하지 않는다.'

마찬가지다.

무영은 한 번이라도 패배할 생각이 없었다. 오로지 이겨나갈 것이다. 그러기 위해선 철저히 자신만의 길을 걸어갈 필요가 있었다.

그들은 그저 무영의 밑바탕을 만들어줬을 뿐이다. 언제까지고 그들의 품에 안겨 새끼 새처럼 자라날 순 없었다.

무영은 직접 혼을 빚고 스킬을 구사했다.

죽음이 부족하다면 채워 넣으면 그만이다.

무영은 자신이 갖고 있던 죽음의 힘 전체를 서은세의 신체에 때려 박았다.

거기에…… 거룩한 불꽃을 더했다.

디아블로의 힘이 섞여 있는 그것.

디아블로의 불꽃은 죽음과 탄생 모두를 상징한다.

화르르르륵!

서은세의 신체가 타들어 갔다.

검은 불길에 집어삼켜졌다.

하지만 이 불길은 애벌레의 고치와 같았다.

탈피!

고치에서 탈피하여 아름다운 날갯짓을 하기 위한 준비 말이다.

검은 불꽃은 서은세의 신체를 태우고 재구성했다.

무려 다섯 번이나.

한 번 탈피할 때마다 그녀는 젊어졌다.

조금씩 전성기 때의 모습을 되찾아갔다.

그리고 마침내 다섯 번 탈피를 끝냈을 때.

〈죽지도, 살지도 않은.〉

〈진정으로 '경계에 선 자'가 완성되었습니다.〉

〈최초이자 최고의 도전입니다.〉

〈죽음의 예술 스킬 랭크가 상승합니다. S -〉 S+〉

〈앞으로 죽음의 예술 스킬이 사용자 무영만의 특이성을 갖습니다.〉

〈예술 점술 98점!〉

이름: 서은세

레벨: 550

성향: 혼돈

힘 520 민첩 605

체력 510 지능 440

지혜 440 마법 저항 500

내공 15갑자 암흑력 510

+현경의 경지에 이른 '무무심법(無無心法)'의 계승자

+바람 위를 달릴 수 있는 초 경신술 사용 가능

+탁월한 은신술

+12성의 무쌍도(無雙刀)

+모든 진법의 파훼자

+극에 이른 사령술

+영혼동화에 의한 성장 가능성

강하다.

일단 민첩 능력치가 600이 넘었다.

500이 넘는 순간부터 1의 차이가 심해지는데 600이면 두 말할 것도 없다.

적어도 민첩 부분에 있어선 무영보다 뛰어나다고 할 수 있었다.

전성기의 힘을 회복하고 더 나아가 5번의 탈피 끝에 강화된 상태이기에 이런 말도 안 되는 능력치의 소유자가 될 수 있었던 것이다.

서은세의 얼굴엔 확실히 혈색이 있었다.

다소 차가워 보이는 인상이었으나 흑단발이 어울리는 전형적인 동양의 미인상이었다.

하지만 '언데드'임을 알아보긴 확실히 쉽지 않을 것 같았다.

그녀의 심장은 여전히 뛰고 있었던 것이다.

"당신이 저의 주인님인가요?"

무영은 고개를 끄덕였다.

그러자 서은세가 싱긋 웃었다.

다른 언데드에게선 찾아볼 수 없는 싱그러움이었다.

서은세가 무릎을 꿇었다.

머리를 바닥에 댔다. 전형적인 복종의 자세.

이후 고개를 든 그녀가 주변을 둘러보며 말했다.

"제 기억은 온전하지 않습니다. 하지만 제가 암령 서은세였고, 이곳이 제 집이었다는 것만은 기억이 나는군요. 부디 저의 능력과 남은 기억들이 주인님에게 도움이 되기를 바랍니다."

확실히 다르다.

언데들처럼 단순한 사고방식을 가진 건 아닌 듯싶었다.

적어도 무영이 만든 정상적인 언데드들 중에선 가장 인간과 가까운 모습이었다.

무영의 입꼬리가 살짝 올라갔다.

처음의 도전. 첫 발자국이 성공했다.

누구의 도움도 조언도 없이 오로지 자신만의 길을 개척했다.

이제야 무영은 온전히 발을 내디딜 수 있었다.

반고는 당황해하였다.

궐을 나서는 두 사람.

반야가 온전히 나선 것은 다행스러운 일이나 당황스럽지는 않은 일이었다.

하지만 반야의 뒤를 따르는 사람이 문제였다.

"대, 대모님……?"

정신을 놓았던 대모가 돌아왔다!

반고의 눈동자가 지진을 일으켰다.

뿐만 아니라 대모는 반고가 기억하는 최초의 모습을 하고 있었다. 늙고 병든 모습은 사라지고 아름답고 젊은 모습만이 남았다.

어찌 이럴 수가 있단 말인가!

서은세가 일순 사라졌다.

그러곤 반고의 앞에 모습을 드러냈다.

반고조차 기색을 읽지 못해 휘청했으나 서은세는 가차 없었다.

"반야에게 들었다. 세가가 아주 엉망이더구나."

그녀가 냉정하기 짝이 없는 눈빛을 보냈다.

세가의 가주인 반고는 전신을 부르르 떨었다.

이윽고 그녀가 다시금 말했다.

"내가 돌아왔으니 기초부터 다시 세울 것이다. 반론은 허락하지 않으마."

암령 서은세.

그녀는 과거 마왕들과의 전쟁에서 맹활약을 하며 사령세가를 홀로 세웠다.

여장군이란 말이 절로 나오는 풍모 또한 지니고 있었다.

그런 그녀가 돌아왔다.

사령세가에 거대한 태풍으로!

초대 가주인 서은세가 돌아왔다!

소문은 금세 퍼졌다.

어느 누구도 예상하지 못한 일.

하물며 그녀는 전성기 시절의 힘을 그대로 회복한 채였다.

눈빛은 더욱 차가워졌으며 그림이나 사진으로 남은 모습보다 더욱 아름다웠다.

그녀는 돌아온 즉시 무영을 반야로, 사령세가의 진실된 후계자로 천명했다.

천하의 반중이라도 서은세 앞에선 겁먹은 생쥐와 같았다.

그만큼 서은세라는 이름은 강력했다.

비록 가둬졌다지만 그 거대하기 짝이 없는 궁궐 하나를 홀로 차지한 채 있었던 걸 보면 얼마나 위세가 있었는지 알 수 있는 부분이었다.

서은세가 있는 이상, 이제 어느 누구도 무영을 건드리지 못한다.

적어도 사령세가 안에선 말이다.

하지만 가세는 이미 기울 대로 기울어 있었다.

"세가가 이토록 약해져 있다니. 너희들은 그동안 무엇을 한 게냐?"

서은세의 표정이 좋지 못했다.

적어도 세가를 다스렸던 기억은 남아 있었던 탓이다.

초창기. 그녀가 세가를 세웠을 땐 그 위세가 군림세가에 버금갔다.

하지만 지금은 비교조차 불가할 정도로 무너져 있었다.

이 상태가 서은세는 무척이나 마음에 들지 않았다.

그런 때, 무영은 흔쾌히 자금을 투척했다.

수많은 B급의 법보.

족히 만 장을 넘기는 그것은 무영이 '대도'로 불리며 비자금을 강탈한 것 중 일부였다.

하지만 B급의 법보 만 장이면 당장 세가 기울어 가는 걸 막을 정도는 된다.

"너희 모두를 합쳐도 후계자 하나만 못하구나!"

서은세가 반야를 아낀다는 소문이 더욱 퍼져 나갔다.

법보의 출처를 궁금해하는 이들이 많았으나 무영은 침묵으로 일관했다.

어차피 불법적인 자금이다. 어느 누가 그 출처를 당당히 캐내려고 하겠는가.

'많이 남았군.'

만 장을 사용했음에도 남은 게 그 몇 배가 되었다.

나머지 자금들은 진짜 영지로 돌아갈 때 사용할 것이었다.

어쨌거나 이로 인해 명실상부 무영은 사령세가의 후계자

가 되었다.

초대 가주 서은세와 후계자 반야의 귀환은 비단 사령세가만의 문제가 아니었다.

서은세의 진면목을 아는 다른 거대 세가의 가주들.

그들은 사령세가를 주목하기 시작했다.

서은세가 홀로 이룩한 것들이 얼마나 대단했는지 그들은 알았기 때문이다.

적당히 얼굴을 마주하고 웃고 떠드는 장소였던 만찬회가 모두의 주목을 받는 거대 회합의 장소로 탈바꿈했다.

그리고 그 중심엔 서은세와 반야가 있었다.

'최대한 화려하게.'

무영은 화려한 옷과 장신구로 자신을 치장했다.

이런 건 처음이었지만 적응하니 나쁘진 않은 기분이었다.

하늘까지 솟을 것만 같은 거대한 궁전.

녹음이 짙은 정원이 족히 십수 ㎞는 이어진 거대한 장소!

다른 이들은 열두 마리의 말이 이끄는 마차를 탈 때, 무영은 일곱 마리의 불타는 본 드래곤이 이끄는 공중형 마차를 탔다.

크와아아아악!

키에에에엑!

일곱 마리의 본 드래곤이 괴성을 내질러 대며 정원에 안착

했다.
주변의 모든 새가 도망가고 벌레들조차 소리를 죽였다.
동시에 정원에서 만찬을 즐기던 모두의 시선이 집중됐다.
그들의 동공이 순식간에 확장됐다.
설마 용을 타고 오리라곤 상상조차 못했던 것이다.
경악, 초조함 그리고 부러움이 뒤섞인 눈빛들.
말 외에도 강력한 괴물을 사육하여 마차의 말로 이용한 자들이 있긴 했지만 어느 누구도 본 드래곤이 이끄는 마차를 타고 오진 못했다.
끼이익!
문이 열렸고.
뚜벅!
무영이 걸어 나왔다.
화려한 신고식이었다.
압도!
지켜보는 이들은 처음엔 침묵했다.
상식을 뛰어넘는 무언가와 마주하면 사람은 말이 없어지게 마련이다.
하지만 이내 정신을 차린 사람들의 말소리에 주변이 시끄러워졌다.
웅성웅성!
작은 목소리도 수백 명이 꺼내면 요란한 법.

그들은 새로이 나타난 무영의 모습을 보고 저마다 한마디씩 꺼냈다.

"저게 그 반야?"

"소문처럼 사납게 생기진 않았는데."

"본 드래곤이 일곱이나……."

일곱의 본 드래곤이 이끄는 마차라니!

이 얼마나 호화스러운 행보란 말인가.

최근 사령세가의 가세가 기울고 있다는 말에 반박하는 것만 같았다.

"그럼 반야 옆에 젊은 여인은 누구지?"

"외모만 보자면 여자가 아까운걸."

"그야말로 순백이군. 정말 아름다워."

무영의 뒤를 졸졸 따르는 여인.

하얀 피부와 머리칼, 손으로 입을 꾹 막은 아직은 소녀와 같은 이미지의 여자는 바로 스노우였다.

하지만 스노우는 한마디도 하지 말 것을 당부받았던 터라 계속해서 자신의 입을 가리고 있는 중이었다.

어쨌건 그 덕분에 인기몰이를 했다.

스노우의 외견은 남녀노소를 가리지 않고 모든 시선을 빨아들이기에 충분했던 것이다.

그리고 그 뒤로 한 명이 더 나타났다.

"저 사람이……."

"암령 서은세. 사령세가의 초대가주."

"반박귀진을 했다더니 진짜였구나. 진짜 젊어졌어."

차갑게. 그리고 무겁게.

도 한 자루를 허리에 찬 흑색의 무복을 입은 여인은 바로 서은세였다.

반박귀진은 전설상의 경지다. 나이가 들어 이 경지에 이르면 신체가 젊어지고 더욱 강해진다고 전해진다.

그러나 반박귀진의 경지에 이른 인간은 현재 없다. 스킬이나 무구 등의 도움으로 젊어진 사람은 있지만 그걸 자력으로 해낸 사람은 없다는 뜻이다.

그런데 판도가 바뀌었다. 서은세가 정말 자력으로 그만한 경지에 올랐다면 과거보다 더한 고수가 되었다는 것이었다.

'신고식은 이만하면 됐다.'

모두의 이목을 끄는 것.

단번에 사로잡는 데 성공했다.

만찬회는 단순한 친목회다.

하지만 그 이면으로 들어가면 온갖 복잡한 진면목이 나타난다.

그리고 진정한 만찬회의 용도를 무영은 알고 있었다.

'군림세가를 따르는가 따르지 않는가.'

굳이 무영만이 아니더라도 모두가 알 터였다.

군자성 꼭대기에 군림하는 군림세가.

그곳에 충성하는 자만이 군자성에서 세를 펼쳐 나갈 수 있다.

반대로 충성하지 않는다면 말라 죽는다.

이단으로 폄하되어 죽거나.

사령세가는 과거 군림세가를 위협할 정도의 세를 자랑했지만 서은세가 죽은 이후 계속 몰락의 길을 걷고 있었다.

하지만 그 과정에서 군림세가의 개입이 없었을까?

'있었겠지.'

무영은 슬며시 미소를 지었다.

지금은 무영이 아닌 반야의 모습을 연기해야 했다.

서은세는 세가의 굳건함을 보이기 위한 장치고 스노우는 시선을 끎과 동시에 무영에 대한 방심을 불러일으키려는 장치였다.

"나도 한 잔 마셔야겠군."

탁 위에 준비된 수많은 술잔 중에 하나를 들었다. 그리고 벌컥벌컥 마셨다. 이내 부족하단 표정을 짓고는 나머지 잔들을 전부 목에 털어 넣었다.

누가 봐도 술꾼.

그것도 격 없는 술꾼의 모습이었다.

무영은 돌아온 탕아였다.

술을 좋아하고 색을 밝힌다.

적당히 취기가 돌자 주변 여자들에게 찝쩍대며 은근슬쩍 손을 대려고 했다.

그러자 스노우가 울상을 지었다.

하지만 반야의 탈을 쓴 무영은 보지도 않았다.

"정말 아름답군요."

"저런 여인을 두고 왜 다른 여자를 탐하려는지 이해가 안 될 정도입니다."

이미 스노우의 근처에는 수많은 남자가 줄을 서고 있었다.

서은세는 높은 사람들과 함께 몇 마디 말을 주고받는 중이었고 젊은이들은 백이면 구십 무영과 스노우에게 관심을 주었다.

그리고 그중엔 군림세가의 적자, 군림건도 있었다.

"저런 놈에겐 아까운 여자로군."

한마디.

그거면 족하다.

이미 군림세가의 절반이 군림건을 따른다. 그의 말은 군자성에서 절대적이었다.

"그렇습니다. 반야는 견제할 정도로 대단한 놈이 아닌 것 같습니다."

"격식이 떨어지는군요."

"본 드래곤을 일곱이나 이끌어서 얼마나 대단한 놈인가 했더니…… 사령술을 제외하면 별 볼 일 없는 놈 같습니다."

"사령세가의 미래도 뻔합니다."

여러 명이 맞장구를 쳐 줬다.

군림건은 술을 한 잔 털어 넣고 자리에서 일어났다.

서른 중반에 이르는 나이지만 군림건은 굉장한 미남이었다. 철저한 자기관리를 통해 아직도 이십대 후반의 면모를 자랑하고 있었다.

이곳에서 군림건을 마다한 여인은 없었다.

단지 외모만이 아니라 그만한 실력과 부와 권력을 가졌기에 가능한 일.

단순히 금을 물고 태어났다고만 하기엔 그의 노력은 처절했다.

물론 태어날 때부터 물 대신 유니콘의 정수를, 밥 한 끼로 용의 살점과 만드라고라의 잎 무침을 먹었을 정도이긴 했다.

덕분에 쌓인 마력과 온갖 저항력이 비교가 안 될 수준이었다.

벌써부터 인류 10강과 견줄 수 있거나 그보다 강하다는 소리를 듣고 있었으니.

군림건의 자신감은 하늘을 찔렀다.

"나이가 어찌 되십니까?"

"저와 한잔하시겠습니까?"

스노우 주변의 남자들은 어떻게든 말 한마디라도 나눠보려고 안간 애를 썼다.

뻔히 보이는 수작질.

그때 그들의 위로 그림자가 내리비췄다.

시선을 돌린 그들은 동시에 굳어버릴 수밖에 없었다.

“비켜라.”

군림건!

남자들이 꼬리를 말고 슬금슬금 자리를 비켰다.

이곳에서 군림건은 최상위의 포식자였다. 잡아먹히지 않으려면 자리를 피해야 한다.

스노우도 의아함에 고개를 들었다. 그리고 군림건을 바라봤다.

갸웃!

하지만 스노우는 다시 고개를 돌려 무영을 바라봤다.

아까부터 수많은 남자가 구애를 함에도 스노우의 시선은 변함이 없었다.

입을 가리곤 무영을 바라보며 전전긍긍하기 바쁘다.

잠시 시선을 빼앗을 순 있어도 그뿐이었다.

군림건은 이맛살을 살짝 구겼다.

조용히 근처에 앉아 술을 한 모금 들이켰다.

이런 침묵을 군림건은 좋아한다.

자신이 침묵하면 여자들 쪽에서 어떻게 하든 주제를 꺼내 대화를 이어 나가려고 했기 때문이다.

여태까진 그랬다.

하지만 스노우는 아니다.

그녀는 군림건에겐 아예 관심도 없는 듯했다.

무영에게 절대 한마디도 꺼내면 안 된다고 신신당부를 받은 터라 발만 동동 굴리고 있을 뿐이었다.

"밀림 속에서 사셨다고요? 그럼 동물들 말도 알아들을 수 있나요?"

"적당히는. 적이 나타나면 동물들을 부리기도 했지. 밀림의 제왕이 나였다."

"무슨 타잔도 아니고?"

"타잔?"

"아아, 타잔이 뭐냐면……."

무영은 여인들과 함께 담소를 나누고 있었다.

무영의 정체와 모습에 관해 궁금해하던 사람이 많았기에 저만큼이나 사람들을 끌어 모을 수 있었다.

그래서 스노우가 끼어들 자리가 없었다.

'벙어리인가?'

반대로 한마디도 하지 않는 스노우를 바라보며 군림건은 여전히 의아해하고 있었다.

보통 이런 자리와 분위기를 만들면 무언가 반응이라도 보이게 마련인데, 스노우는 한결같이 다른 쪽만 바라보고 있었기 때문이다.

더욱이 시간이 지나자 그것은 깊은 짜증으로 다가왔다.

이런 적은 처음이었다.
한마디 말조차 나눌 수 없다니.
자신이 말을 꺼내기엔 자존심이 상했다.
'저런 반푼이 따위가…….'
군림건은 술을 계속해서 털어 넣었다.
반야의 탈을 쓴 무영은 계속해서 말도 안 되는 허황된 이야기로 이목을 끌었다.
허황 그 자체였다.
밀림의 제왕이라느니, 홀로 수천 명의 목을 따고, 수십 만 명이 모여 있는 적진에 들어가 대장을 암살하고, 심지어 직접 용을 사냥하며 천사도 봤단다.
'허세꾼!'
무영은 허세 그 자체였다.
처음부터 열까지, 허황되지 않은 이야기가 없었다.
사람이 어떻게 저만한 일을 전부 겪을 수 있단 말인가.
적당히 취기가 오르자 군림건이 일어났다.
"그대가 정말 밀림이 제왕이고 용 사냥꾼이라면 나와 한번 붙어보지 않겠는가?"
모두의 시선이 군림건에게 다시금 쏠렸다.
무영의 주변에 있던 여인들도 머쓱한 표정을 지으며 슬그머니 물러났다.
군림건이 저런 말을 꺼냈다는 게 무엇을 뜻하는 지 모두가 알았다.

상대를 박살 내겠다는 의미.

괜히 엮였다간 피바람이 분다.

하지만 반야는 여인들이 물러난 것에 아쉬움을 느끼며 건성으로 답했다.

"누구지?"

군림건의 이맛살이 살짝 일그러졌다.

"군림건. 군림세가의 적자다. 도저히 그 허황된 이야기들이 진짜라고 여겨지지가 않아서 말이야. 잠깐이나마 실력을 맛보게 해주지 않겠나?"

"내 실력을 보겠다고? 흠…… 그건 많이 비싼데."

반야는 거드름을 피웠다.

어렸을 적부터 개념이 없었다더니 딱 그 짝이다.

그러나 그 거드름을 피울 상대를 잘못 골랐다.

군림건은 품에서 법보 한 장을 꺼냈다.

"자네가 이기면 S급 법보 한 장을 주지. 성을 몇 개나 주더라도 바꾸지 못할 보물 중의 보물이란 건 자네도 알 테지."

S급 법보라면 아무리 효과가 떨어져도 기본 이상은 한다.

능히 이적을 만들 수 있는 힘.

그러한 것들만이 S급이라 불렸으므로.

"두 장."

"좋다."

상관없었다.

그게 몇 장이 되었건 말이다.

군림건은 자신이 진다는 생각은 전혀 하지 않고 있었다.

실제로 눈앞에서 보기에 반야의 기도는 형편없었다.

평범함 그 자체.

무릇 강자라면 흘러나와야 하는 기세나 마력 따위가 거의 느껴지지 않았다.

사령술을 제외하면 형편없다는 것이었다.

S급 법보에 이끌려 잘못된 선택을 했다는 걸 곧 깨닫게 되리라.

군림건은 싸움이 성사되자 더욱 주변의 이목을 끌어모았다.

"많은 동도가 이처럼 만찬회에 모여 주셔서 저 군림건은 매우 기쁘기 그지없습니다. 모이신 모든 분에게 한 가지 볼거리를 제공하고자 잠시 친선 대련을 하려고 하는데 부디 즐겁게 봐 주시길 바랍니다."

급조한 자리가 만들어졌다. 서은세를 비롯한 모든 어른도 지켜보았다. 그들 역시 반야의 실력이 궁금했던 것이다.

모두 군림건이 진다는 생각 따윈 하지도 않았다.

"그전에 물론 사령세가의 초대가주님께서 허락을 하여야겠지만 말입니다. 저 군림건과 사령세가의 후계자 반야가 칼을 섞는 걸 허락해 주시겠습니까?"

"마음대로 하거라. 어차피 결과는 뻔하니."

서은세의 이러한 결정은 의외였다.

'칼을 섞는다'는 건 근접전을 의미했다.

사령술이 들어갈 자리가 적다는 건 군림건이 유리한 고지에서 싸움을 벌인다는 뜻일진대, 당연히 반대할 줄 알았던 서은세가 흔쾌히 허락을 해버린 것이다.

'결과가 뻔하다?'

서은세의 표정은 읽을 수가 없었다.

진다는 건지 이긴다는 건지.

약간의 찝찝함이 남았으나 지금은 친선 대련이 먼저였다.

말이 대련이지 군림건은 반야의 몸뚱이 중 한 곳은 부러뜨릴 작정이었다.

서은세가 돌아오고 반야가 돌아왔다고 기세가 등등한 사령세가를 한 풀 꺾어낸 뒤, 반야가 별 볼일 없는 남자라는 걸 공표하기 위함이었다.

스릉!

군림건이 검을 뽑아 들었다.

용무늬가 새겨진 절대보검.

고대 급의 용을 죽이고 그 뼈로 만든 절세의 신병기였다.

이 검을 꺼내 이기지 못한 상대가 없다.

긁적!

반야가 머리를 긁으며 검을 꺼냈다.

검은색을 띠는 긴 장검.

하지만 예사롭지 않았다.
군림건의 검에 꿀리지 않는 무언가가 느껴졌다.
"나는 살살할 줄 모르는데……."
"마음대로 날뛰어도 좋다. 그래야 나도 상대할 맛이 나니."
저 검을 전리품으로 해야겠다.
군림건은 얇게 미소 지으며 자세를 잡고 뛰쳐나갔다.

쾅!
한 차례의 격돌.
세상이 빙그르르 도는 느낌과 함께 군림건이 바닥에 누웠다.
'뭐지?'
왜 하늘이 보이는가.
믿기지 않았다.
믿을 수 없었다.
하지만 아무것도 보지 못했다.
격돌이 있었고 쓰러졌다는 결과만이 남았다.
그러나 의문이었다.
분명히 선수를 쳤고 공격하는 쪽은 자신이었을진대…….
'어째서 내가 쓰러져 있단 말이냐?'
이런 경험은 생전 처음이었다.
군림건은 어려서부터 내려다보는 데 익숙했다.
올려다보는 일 따위, 거의 해본 적도 없었다.

무한한 성공가도. 대도시에서 게이트가 열리면 행하는 유망주들의 시험에서도 압도적인 1위로 기록마저 갱신하지 않았던가.

자신을 위해 준비된 수많은 고랭크의 스킬은 수많은 이가 수없이 많은 생사를 넘나들며 최적의 조화로 만들어낸 조합이었다. 단련 또한 게을리하지 않아, 젊은 나이에도 군림세가에 거의 적이 없었다.

그런데…… 놈의 얼굴이 위에 있다.

손을 내밀며.

"S급 법보 두 장."

화가 나게끔 말이다.

얼굴이 시뻘겋게 달아올랐다.

스노우의 건은 진즉 잊혔다.

자신의 위에 설 수 있는 건 아무것도 없다.

자신이야말로 절대자!

결코 꺾여서도, 쓰러져서도 안 되는 별 중의 별이건만!

'패배를 모르기에 약하다.'

무영은 몸을 떠는 군림건을 보며 피식 웃고 말았다.

과거에도 군림건은 나름 유명했다. 초강자 중에 한 명이었다. 하지만 그 죽음은 허무하기 그지없었다.

'내게 죽었지.'

방비란 자신이 해야 한다.

항상 경계하고 집중해야 하는 법이다.

다른 사람이 만들어주는 방비 따위 본인이 대비하고 경계하는 것보다 효율이 훨씬 떨어진다.

타인을 지키고자 삼중사중으로 경계하는 사람은 거의 없다.

군림건은 방심하고 있었다.

자신의 안위에 흠을 낼 사람이 있을 리 없다고 있어도 결코 자신에게 닿지 못하리란 이상한 확신을 하고 있었다.

늦은 저녁, 만월의 밤. 군림건은 무영에 의해 죽었다.

잠든 상태에서 변사체로 발견됐다.

이 얼마나 허무한 죽음이란 말인가.

패배를 모르고 승리만 알았기에 너무나도 방심했던 것이다.

자신의 안전을 남에게 맡긴 자의 최후였다.

심지어 안전을 맡아주는 사람들조차 군림건을 신용하지 않았다. 그를 진정으로 따르지 않아서 정작 뚫고 들어가는 일 자체는 쉬웠다.

무영은 슬쩍 고개를 돌려 서은세를 바라봤다.

처음엔 경계하며 자중하려 했지만 사령세가의 초대 가주인 서은세를 등에 업은 이상 크게 눈치를 볼 것도 사라졌다.

서은세는 무영을 자신의 진정한 후계자로 천명했고 그 사실을 이젠 모두가 안다.

편애를 받고 있다…… 고 하지만, 이 역시 무영이 지어낸 레퍼토리였다.

"안 줄 건가?"

"난 아직 지지 않았다."

방방곡곡 광고를 하다가 한 방에 뻗는 것만큼 추잡한 게 없다.

군림건이 일어났다.

무영도 기다려 줬다.

이곳은 무영의 무대다.

확실하게 눈에 띄면 접근해 오는 사람들이 있을 터다.

엘라르시고의 봉인을 풀고자 하는 사람들도 그 안에 있을 수 있었다.

물론 그러기 위해선 살짝 이질적인 힘을 보여줄 필요가 있긴 했다.

마침 상대도 상대이니…….

"나는 아직 본신의 힘을 발휘하지 않았다. 기고만장 하지 마라."

무영의 눈은 여전히 무감정했다.

입은 웃고 있으나 이미 군림건에 대한 모든 파악이 끝났다.

지금 무영의 수준에서 군림건은 벌레와 같았다.

인류 10강이라 칭해지는 그들도 이제는 무영의 상대가 되지 않을 것이다.

그러기엔 무영이 너무 가파른 성장을 이뤘다.

부실한 성장조차 아니다. 자신을 찾고, 자신을 이루고, 자신의 길을 개척했다.

한마디로 군림건이 하려는 모든 행위가 무영에게 있어선 재롱잔치조차 되지 않는다는 뜻이다.

"태극진(太極陣)."

슈우웅!

군림건의 등 뒤로 태극 문양의 기운이 솟구쳤다.

불과 얼음이 절묘한 형상을 이루며 동시에 군림건의 힘을 강화시켰다.

그 또한 별이었다.

무영은 잠시 고민했다.

저 별을 잡아먹을지 말지.

그러다가 무영은 고개를 저었다.

자신은 포식자고 군림건은 사냥감이다.

이 절대적인 역학관계 속에서 포식자가 사냥감 걱정을 하는 건 말이 안 된다.

무영이 지닌 절대자의 별은 모든 별을 포식할 수 있다.

게다가 자신의 힘을 입증하기 위해선 저 진을 깨부술 필요가 있었다.

"이 힘을 맛보는 걸 영광으로 알라."

군림건은 자신감이 그득했다.

별의 힘과 스킬이 조화하여 막대한 힘을 얻은 탓이다.

그야 자신감에 넘칠 만했다.

지금 이 순간 군림건의 신체 능력치는 500을 웃돌았다.

500이면 10강에 버금가는, 혹은 그 이상의 수치다.

이 상태에서 군림건은 져 본 적이 없었다.

잠시 후 무패에서 1패가 추가되긴 하겠지만 말이다.

'절대자의 별.'

붉은빛이 하늘에서 내려와 무영을 감쌌다.

쿠오오오오!

또한 절대자의 별은 2년 전과는 그 크기와 밝기부터가 달랐다.

태양이 사라지고 그 자리를 별이 먹었다.

정령왕 이프리트로 말미암아 랭크가 상승하고 잔불을 흡수한 뒤 이러한 변화가 생긴 듯싶었다.

'조금 과하군.'

무영이 봐도 그랬다.

그럴진대 다른 사람들의 시선엔 어떻게 보이겠는가!

"허."

"저건…… 성운!"

"성운의 주인이라니!"

별의 정체를 아는 사람들은 기겁했다.

별이란, 쉽게 얻을 수 있는 게 아니다.

별이란, 그 자체만으로도 강력한 증거이자 증명이 됐다.

절대의 좌에 오를 수 있는 그 길 말이다.

하지만 모르는 사람은 주변의 변화에 어리둥절할 뿐이었다.

별을 알아볼 수 있는 건 강함을 깨달은 사람들뿐. 몇 개의 벽을 넘고서야 별의 진정한 가치를 알 수 있게 된다.

그 성운이 피처럼 새빨갛게 불타고 있었다.

"잔재주를……!"

군림건도 느꼈다. 느끼지 못할 리 없다.

하지만 부정했다. 자신의 별보다 더욱 밝고 커다란 별이 있을 리 없다며.

강화된 신체로 말미암아 무소처럼 들이박았다.

아니, 들이박았어야 할 터였다.

촤아아악!

수아아아아아악!

격돌?

아니, 격돌조차 아니다.

닿는 것조차 못했다.

무영이 비탄을 휘두르자 거대한 풍압이 생겼다.

그 풍압만으로도 태극진이 깨졌다. 산산조각 나고 빛바래 사라졌다.

이윽고 깨어진 태극진과 그 작디작은 별이 가루가 되어 절대자의 별에게 흡수되었다.

"어떻게, 별을……?"

〈권능, '별 약탈자'가 발동되었습니다.〉

〈'태극의 별'을 약탈했습니다.〉

〈현재 4개의 별을 소유하고 있습니다.〉

〈'별빛'의 모든 능력치+10 효과가 +20으로 발돋움합니다.〉

별빛은 열쇠다.

칭호나 전승이 아니라 절대자의 별을 갖게 된 증표와 같았다.

실제로 무영이 지니고 있는 물건. 그 효과가 두 배 상승한 것이다.

털썩!

군림건이 경악하며 쓰러졌다.

무영은 짧게 한마디를 남겼다.

"세상의 모든 진법은 내 앞에서 의미가 없다."

봉인을 풀 수 있다는 약간의 언질만 해두었다.

낚일지 안 낚일지는 미지수고 무영도 가능성 중에 하나를 열어뒀을 따름이다.

무영은 주변을 살폈다.

그들 중 몇몇을 이미 눈에 담았다.

은밀하게 움직이는 자들. 혹은 무언가를 깊숙이 숨기고 있는 사람들.

그런 사람들에게선 냄새가 난다. 무영만이 맡을 수 있는 지저의 냄새다.

"술 더 없나?"

무영은 비탄을 집어넣었다. 그리고 다시금 술을 홀짝였다.

절대자의 별이 포식을 마친 뒤 사라지고, 다시금 그 자리를 태양이 차지했다.

사람들은 한참이나 말을 잇지 못했다.

그 군림건이…….

이처럼 허무하게 당할 자가 아니건만.

하물며 상대가 보여준 압도적인 모습에 넋을 잃었다.

"부상자를 치료하고 다시 여흥을 즐기도록 하지요. 모처럼의 만찬회가 아닙니까?"

서은세가 수습했다.

그녀의 배분은 이곳에서 가장 높다.

'초대'라고 불리는 이는 대부분이 이미 천수를 다하고 죽었다. 아니면 거동이 힘들 정도로 몸이 안 좋거나, 내외 자체를 잘 안 한다.

고로 서은세가 있는 이상 무영을 쉽사리 건들 수 있는 사람은 별로 없었다.

무영이 이처럼 막 나가는 이유였다.

군림건이 패배했다!

삽시간에 퍼져 나갈 소문이지만 의외로 군자성은 조용했

다. 군림세가가 손을 걷어붙이고 이 사실을 은폐했기 때문이다.

그렇다고 무영을 적대한 것 또한 아니었다.

서은세와 무영은 난데없이 나타난 모난 돌이다.

모르고 다가갔다간 긁힐 수 있다는 걸 그들은 안다. 군림건이 과격하다면 다른 이들은 신중했기에 군림세가가 지금껏 최고의 자리를 고수할 수 있었던 것이다.

"정말 모든 진법을 파훼할 수 있습니까?"

전진세가에서 사람이 나왔다.

전진세가는 다섯 세가 중 나름 머리를 쓰는 집단이다.

그들은 연구하길 좋아하고 무언가의 식을 짜는 데 능하다.

그렇다고 무력이 약한 것도 아니어서 군림세가 다음으로 거대한 성세를 자랑하는 곳이었다.

"가능하다."

무영은 오만하게 말했다.

진정한 파훼는 서은세가 가능하다.

무영이 하는 건 파괴다. 해체하거나 그런 게 아니라 말 그대로 깨버리는 것.

해체를 하자면 못할 것도 없지만 진법은 파괴하는 게 사실상 제일 효율이 좋다.

"저희가 풀지 못한 난제들이 있습니다. 도움을 주실 수 있으신지요."

"난제? 내게 그런 건 없다."

무영은 흔쾌히 허락했다.

그러자 전진세가는 몇 가지 고난이도의 진법을 무영에게 선보였다.

흔히 진법이라하면 대지를 다뤄 일종의 '가상공간'을 만드는 것이다.

생로와 사로가 있는데 사로로 들어가면 죽거나 평생을 진 안에서 헤매게 된다.

그러나 어느 강자들도 쉽사리 빠져나가지 못했던 진법들을 무영은 쉽게 빠져나왔다.

생로와 사로. 그 외에 빠져나가는 다른 유일한 방법.

진법의 중심을 깨버리는 것!

"만화경(萬化境)은 진의 소재를 찾기가 거의 불가능한 진인데……."

"진체를 어찌 찾은 거지?"

지켜보던 전진세가의 사람들은 혀를 내둘렀다.

만화경은 수많은 변화를 60초 단위로 일으키는 진법이다.

빠지면, 대부분은 죽는다.

그런데 무영은 그 변화가 시작되기도 전에 진체를 찾고 파괴해 버렸다.

"장난질은 그만둬라. 이딴 진법을 파훼하고자 나를 부른 거냐?"

무영은 인상을 썼다.
확실히 고난이도의 진법이다.
하지만 무영이 어려워할 정도는 아니다.
이윽고 스스로를 전진하람이라 소개한 진법과 관련된 일을 총괄하는 책임자가 나왔다.
"죄송합니다. 만에 하나를 대비하여 실력을 확인할 수밖에 없었습니다."
"그럼 이제 진짜를 내놓으면 되겠군."
"지옥도(地獄道)라 이름 붙여진 진입니다. 들어가서 나온 이는 여태껏 한 명도 없습니다. 도전해 보시겠습니까?"
전진하람은 무영의, 정확히는 무영이 흉내 내는 반야의 성격을 읽었다.
오만하고 거침없다는 것.
네가 과연 할 수 있을까?
이런 식으로 오히려 위협하면 더욱 불타오르는 성격이라는 걸 말이다.
'지옥도라.'
똑같은 이름의 세계를 무영은 가지고 있었다.
아직 제대로 활용한 적은 없지만 어쨌건 흥미가 돋았다.
무영은 연기하던 모습 그대로 고개를 끄덕였다.
"그 정도는 돼야 도전할 맛이 나지."
굳이 할 필요 없지만 하는 이유.

왜냐면, 이게 마지막 시험임을 깨달았기 때문이다.

그들이 갑작스럽게 접근하여 이와 같은 시험을 제시했다면 다른 이유가 있을 리 없었다.

'전진세가도 엘라르시고의 봉인과 연관이 있었군.'

약간 의외였지만 납득했다.

하기야 진법을 가장 많이 연구한 곳이니 이곳에 먼저 자문을 구하는 게 순서일 것이었다.

비밀을 드러냈고 이들의 입을 철저히 막을 봉인구를 준비해 뒀겠지.

하지만 전진세가도 엘라르시고의 봉인을 해제하진 못했다.

만약 무영이 이 '지옥도'마저 해결한다면 가능성이 있다고 본 것이리라.

무영으로선 반대할 이유가 없었다.

마지막 관문.

만찬회가 끝나고, 이제야 모든 게 무영의 계획대로 흘러가기 시작했다.

to be continued

스킬의 제왕

이형석 퓨전 판타지 장편소설

인간군 검병2부대 소속, 강무열.
과거로 돌아오다.

검과 마법, 그리고 정령까지.
인류가 염원하는 그 힘을 얻을 방법이 내 기억 속에 남아 있다.
미래의 스킬을 아는 자.

후회의 전생을 딛고 신의 땅에서
인류의 멸망을 막기 위해
제왕이 되고자 일어서다!

"이제 내가 권좌에 오르겠다."